VON GÖTTERN ENTFÜHRT

J&V
1921-1971

ERICH DOLEZAL

Von Göttern entführt

JUGEND UND VOLK WIEN MÜNCHEN

ISBN 3-7141-1402-5 Jugend und Volk, Wien
ISBN 3-8113-1402-5 Jugend und Volk, München

Umschlaggestaltung: Haimo Lauth; unter Verwendung eines Fotos der USIS.
Illustrationen: Jochen Bartsch

Druck: Druck- und Verlagsanstalt „Vorwärts" AG, 1050 Wien

1. Kapitel

MESONYX IST BEUNRUHIGT

Die Einwohner von Ponans schüttelten die Köpfe über das sonderbare Treiben am Fuße der Kalkfelsen. Manche munkelten sogar etwas von Schatzgräbern, denn es war eine Gruppe von Männern mit einem Bagger und Grabwerkzeugen angekommen. Sie wichen den Fragen der Neugierigen aus und verwehrten den Zutritt zur Grabungsstelle unter Hinweis auf eine Gefährdung.

Die Grabungsstelle lag in einem nicht allzubreiten Tal. Der der Felswand gegenüberliegende sanftere Hang war dicht mit Bäumen und Unterholz bewachsen. In der Mitte des Tales sprang ein kristallklarer Bach über bemooste Steine und Miniaturkatarakte, stellenweise bildete er kleine Becken, die zum Baden einluden, aber wegen des eisigen Wassers höchstens ein erfrischendes Fußbad erlaubten. An manchen Stellen des Ufers breitete sich ein Dickicht von Blättern des Riesenlattichs aus. Die Stengel reichten einem Erwachsenen bis zur Brust, und die Blätter selbst bildeten mächtige grüne Schirme; eine angenehme Kühle stieg aus diesem Gewirr, das an eine urweltliche Landschaft erinnerte. Die kleine Expedition hatte schon in den frühen Morgenstunden mit der Arbeit begonnen; sie stand unter der Leitung des Prähistorikers Koenigsfeld, des Paläontologen Newman und der beiden Physiker Professor Unruh und Gus Nortop.

Den Anstoß zu dieser Expedition hatte eine seltsame Entdeckung gegeben. Professor Unruh hatte einige Tage zuvor mit einigen Kollegen und Gästen bei einer Gartenparty in seinem Heim über die Frage diskutiert, ob die Erde schon einmal Besuch von außerirdischen Intelligenzen bekommen habe. An der lebhaften Debatte hatten sich der Chefkonstrukteur der Raumfahrtbehörde John F. Bull, der eine Gastvorlesung hielt, der Prähistoriker Professor Koenigsfeld, der Paläontologe Professor Newman, der junge Physiker Gus Nortop, der Astronom Professor Maurer, der Zukunftsforscher Steve Falik aus den USA und die Kandidatin der Psychologie Aimée Dubois beteiligt. Als noch der Geologe Cole Ross dazukam und berichtete, daß eine Arbeitsgruppe seiner Studenten in dem Tal bei Ponans eine starke Gammastrahlung entdeckt hatte, die vermutlich von dem künstlichen radioaktiven Element Curium 245, dessen Halbwertszeit 9320 Jahre beträgt, herrührte, bahnte sich eine Sensation an, denn im Tal von Ponans gab es keine radioaktiven Mineralien noch jemals ein Atomkraftwerk, auch wurde dort niemals radioaktiver Abfall abgeladen.

Noch ein Teilnehmer an der Grabung muß erwähnt werden, ein sehr wichtiger, wie sich bald herausstellen sollte. Er hieß Mesonyx, für den alltäglichen Gebrauch wurde er einfach Meso gerufen, seine Fähigkeiten waren unbestreitbar, und Professor Newman hätte auf seine Mitwirkung auf keinen Fall verzichten wollen.

„Heute haben wir eine besonders wichtige und aufregende Angelegenheit vor uns", sagte Newman zu Meso, und dieser blickte ihn mit klugen Augen und einem verständnisvollen Blick an. Mesonyx konnte nicht sprechen, das heißt, er konnte die menschliche Sprache nicht sprechen, dafür war aber die Skala seiner Ausdrucksmöglichkeiten sehr weit gespannt; sie reichte von einem kurzen verhaltenen Laut bis zu einem vieldeutigen Knurren; Mesonyx war ein Hund. In seinem Äußeren erinnerte er an einen Neufundländer, doch einen Freund von Rassehunden hätte er schwer enttäuscht, sein Kopf war dick und gedrungen, die Beine an dem verhältnismäßig kleinen Rumpf schienen überlang, und das schwarze Fell wirkte wie eine Verkleidung.

„Den schönsten Hund haben Sie sich gerade nicht ausgesucht", spottete Steve Falik, doch als ihn Meso bei diesen Worten ansah, blickte der Zukunftsforscher in bernsteinbraune Augen, die ihn das Äußere des Hundes vergessen ließen. Er sah nur noch ein kluges, treues Wesen. Ihm wurde ganz eigen zu Mute, solch suggestive Kraft ging von diesem Blick aus.

Die Antwort Professor Newmans riß ihn aus einer Art Trance: „Meso ist zwar nicht der schönste Hund, wohl aber der klügste, den ich kenne. In den Tieren steckt viel mehr, als die meisten Menschen ahnen. Nur wenige Menschen haben den Schlüssel zum gegenseitigen

Verständnis von Mensch und Tier gefunden. Gerade als Paläontologe versuchte ich den Weg des Lebens von den Uranfängen bis zur sogenannten Krone der Schöpfung zu verfolgen, und da führt das größte Wegstück durch die Tierwelt, und nur ein winziges Stück erst wird vom Menschen beschritten. Ich hoffe, Sie werden bald Gelegenheit haben, meinen Freund Meso näher kennenzulernen!“ Meso blickte seinen Herrn dankbar an und wedelte mit seinem buschigen Schwanz.
„Komischer Name“, bemerkte Professor Unruh.
„Es ist ein einmaliger Name für einen einmaligen Hund“, erklärte Newman, „damit wollte ich seine Verbundenheit mit meiner Wissenschaft bekunden, denn Mesonyx ist die Bezeichnung für ein längst ausgestorbenes Tier im Eozän, das vor ungefähr fünfzig Millionen Jahren gelebt hat. Mesonyx war ein Säugetier, ein Urraubtier, es sah auch nicht besonders anziehend aus, somit hat der Name auch in dieser Beziehung seine Berechtigung.“
Inzwischen war der Bagger an die Stelle herangebracht worden, wo die verstärkte Gammastrahlung beobachtet worden war. Unter Aufsicht von Professor Koenigsfeld und unter ständiger Beobachtung der Strahlenmeßgeräte wurde ganz vorsichtig eine dünne Schicht nach der anderen abgehoben. Aufmerksam beobachtete Meso die Arbeit der Menschen, er ging zwischen den Männern umher, schnupperte hie und da, doch zeigte er vorläufig kein übermäßiges Interesse. Nur die Stelle, wo die Gammastrahlung am stärksten war, schien er zu meiden, das veranlaßte Gus Nortop zu der Bemerkung:
„Anscheinend hat Meso ein sehr zuverlässiges Strahlenmeßgerät eingebaut. Sein Dosimeter muß ungemein empfindlich sein, denn vorläufig ist die Strahlendosis, zumindest hier an der Oberfläche, noch völlig ungefährlich.“
Professor Unruh schlug vor, in Richtung der rätselhaften Strahlenquelle vorzugraben, doch dem widersprach der Prähistoriker, der meinte, eine flächenhafte Abhebung des Materials im Umkreis von einigen Quadratmetern könnte viel bessere Aufschlüsse über mögliche Zusammenhänge ergeben. Dieser Auffassung hatte sich die Mehrheit angeschlossen.
So ging die Arbeit nur langsam vonstatten. Bis zur Mittagstunde war der Lehm bereits etwa einen Meter tief abgegraben, noch immer zeigte

sich nichts Ungewöhnliches, schon wollte Ingenieur Bull Zweifel an dem Unternehmen äußern. Er meinte, vielleicht habe die Gammastrahlung doch eine andere als ursprünglich angenommene Ursache, vielleicht sei es doch nur eine geologische oder mineralogische Anomalie. Dieser Ansicht widersprach Cole Ross jedoch energisch. Der Prähistoriker stellte sich auf die Seite des Geologen und erklärte: „Prähistorisch fündige Schichten liegen oft recht tief, besonders wenn sich im Laufe der Zeit, durch örtliche natürliche Umstände bedingt, hohe Lehmschichten angehäuft haben. Oft mußten wir Höhlen ausräumen, die bis zur Decke mit Höhlenlehm angefüllt waren, und gerade solche lieferten die größten Überraschungen."

„Ich schlage vor, daß wir jetzt eine Mittagspause einschalten", meinte Gus Nortop, „ich möchte den kommenden Überraschungen gesättigt entgegensehen!"

„Keine schlechte Idee", stimmte ihm Professor Unruh bei, „Fräulein Dubois, betätigen Sie sich als Hausfrau!"

Während der Mittagsrast der Menschen beschäftigte sich Meso damit, die nähere Umgebung zu inspizieren. Er beschnüffelte den Grabungsplatz, wobei er wieder auffällig den Strahlenbereich mied, dann schien er einer Spur zu folgen, kehrte unschlüssig um, folgte ihr wieder; alles dies spielte sich noch auf dem Gelände ab, das abgegraben worden war.

Professor Newman verfolgte aufmerksam das Gehaben des Hundes, stand auf, ging zu ihm hin und fragte: „Was ist los, hast du etwas entdeckt?" Meso schien verstanden zu haben, er wedelte mit dem Schwanz und gab ein leises Bellen von sich, dann fing er am Rande des Grabungsfeldes zu scharren an, als wollte er schräg abwärts graben. Alle waren aufgestanden und beobachteten gespannt das Tier. „Ich denke, wir müssen hier die Grabung fortsetzen, Meso dürfte irgendeine Spur gefunden haben. Ich würde aber vorschlagen, jetzt den Spaten anzusetzen, denn die Arbeit des Baggers ist zu grob, sie könnte leicht ein wertvolles Fundobjekt beschädigen." Newmans Vorschlag wurde angenommen. Zwei geschulte Arbeitskräfte des urgeschichtlichen Institutes begannen vorsichtig zu graben. Der Aushub ging verhältnismäßig rasch vonstatten, da der Lehm trocken war und dem Spaten keinen großen Widerstand entgegensetzte. Sie waren

schon um gut eineinhalb Meter in die Tiefe gedrungen, der Aushub folgte der schräg abwärts führenden Felswand, und der Geologe Ross äußerte die Vermutung, es könnte bei fortgesetzter Grabung möglicherweise ein verschütteter Höhleneingang bloßgelegt werden.

Plötzlich fing Meso heftig zu knurren an. Seine Rückenhaare sträubten sich, dann ging das Knurren in ein unheimliches Winseln über und ließ auf Angstgefühle schließen. Die Meßgeräte zeigten an dieser Stelle jedoch keine ungewöhnliche Strahlung, Mesos Verhalten mußte also eine andere Ursache haben.

„So hat sich Meso noch bei keiner Grabung benommen", stellte Newman fest, „er hat ein wunderbares Gespür für Fossilien, er zeigt sie an, bevor sie noch freigelegt sind, aber seine Meldungen waren immer von freudigem Gebell begleitet. Hier muß ihn etwas irritieren, ihm Angst einjagen. Die Sinne dieses Geschöpfes sind viel empfindlicher, ihre Fähigkeiten gehen weit über unser Fassungsvermögen hinaus, sie scheinen auch in einer noch rätselhaften Weise Raum und Zeit zu überbrücken. Unsere Sprache, die nur das ausdrücken kann, was wir verstehen, hat kein richtiges Wort dafür." Da stieß der Spaten des einen Ausgräbers auf etwas Hartes. „Vorsicht!" schrie Koenigsfeld in höchster Erregung. Alle beugten sich neugierig über die schon tief ausgehobene Grube. Ein überkrustetes Etwas von der Größe eines Taucherhelmes kam zum Vorschein und wurde vorsichtig aus dem Boden losgelöst. Professor Koenigsfeld nahm es mit beiden Händen auf und wog es abschätzend. Das Ding war nicht sehr schwer, schien innen hohl zu sein und erinnerte an ein bauchiges Gefäß, das Sporttaucher in der Nähe eines antiken Hafens vom Meeresgrund heraufgeholt hatten.

Im Wagen, mit dem die Forschungsgruppe gekommen war, befand sich auch ein kleines Laboratorium, in das Koenigsfeld den Fund zur näheren Untersuchung mitnahm. Wütend, aber aus respektvoller Entfernung bellte Meso das Ding an.

„Mesos Verhalten ist mir vollkommen unverständlich, aber es muß etwas Besonderes dahinterstecken", sagte der Paläontologe.

Professor Koenigsfeld begann mit der Präparationsarbeit, indem er versuchte, die äußere Kruste vorsichtig zu entfernen. Da kam eine metallisch glänzende Schicht zum Vorschein. Enttäuschung begann sich auf den Gesichtern abzuzeichnen, die meisten dachten an ein Gefäß, das irgendeinmal hier vergraben worden war. Vielleicht war es ein mittelalterlicher Depotfund, den wir da gemacht haben, dachte Professor Unruh insgeheim, doch Ingenieur Bull ermunterte den Prähistoriker, in seiner Arbeit fortzufahren: „Ich habe einen Verdacht, wenn sich der bewahrheitet, dann ..." Bull pfiff durch die Zähne.

In diesem Augenblick kam einer der Gehilfen herein und berichtete Professor Koenigsfeld: „Ein Herr will Sie sprechen!"

„Sagen Sie ihm, ich habe keine Zeit, gerade jetzt will ich nicht gestört werden!"

„Er sagte, es wäre sehr wichtig!"

„Zum Teufel, wer ist es denn?"

„Das hat er nicht gesagt, es ist ein junger Mann, und er hat eine große Tasche umgehängt." Da ging die Tür auf, und besagter junger Mann trat unaufgefordert ein:

„Entschuldigen Sie, wenn ich störe, mein Name ist Hell, Thomas Hell, Sie können mich aber Tom nennen. Ich bin Reporter vom ‚Reporter'."

„Schaun Sie, daß Sie hinauskommen, Sie haben hier nichts zu suchen", sagte Ingenieur Bull und wollte ihn bereits mit sanfter Gewalt an die Luft setzen. Doch der junge Mann ließ sich auch von Bull, der seinem Namen, was die Kräfte anbelangt, durchaus Ehre machte, nicht einschüchtern.

„So hören Sie mich doch bitte an, ich weiß, hier geht etwas Besonderes vor!"

Meso hatte die ganze Szene aus einem Winkel des Laboratoriums beobachtet, den Eindringling aber weder böse angesehen noch angeknurrt, im Gegenteil, als Hell ihn anblickte, wedelte er schüchtern mit dem Schweif, als wollte er damit eine gewisse Sympathie ausdrücken. Professor Newman, dem dies aufgefallen war und der die Regungen seines vierbeinigen Freundes meist, aber nicht immer zu deuten wußte, legte sich ins Mittel: „Also schön, was wollen Sie? Aber fassen Sie sich kurz, Sie sehen, daß wir eine wichtige Untersuchung Ihretwegen unterbrechen!"

„Deswegen bin ich da. Wie schon gesagt, ich bin Reporter des ‚Reporter'. Allerdings noch Anfänger. Wir haben hier einen Lokalberichter, der uns über gelegentliche Ereignisse informiert. Dieser Mann hatte die Exkursion der Studenten beobachtet und gehört, wie einige im Gasthaus von geheimnisvollen Strahlen erzählten. Der Mann machte uns darüber telefonische Mitteilung. Zufällig war ich am Telefon, ich sagte mir gleich, das wäre eine Sache für mich, der Chefredakteur hielt allerdings nichts davon, aber er gab mir freie Hand."

„Sie wollen anscheinend auf unsere Kosten Karriere machen", unterbrach ihn Ross.

„Warum nicht, auf solch eine Gelegenheit habe ich schon immer gewartet", lachte Hell, der fühlte, daß nun das Eis gebrochen war.

„Wenn Sie sich nur nicht täuschen, denn wir von der Wissenschaft lieben es gar nicht, wenn über eine Untersuchung vorzeitig berichtet wird; wir wollen erst mit einem gesicherten Ergebnis an die Öffentlichkeit treten!"

„Durchaus verständlich, ich habe nicht vergebens Zeitungswissenschaft studiert und über das Thema ‚Wissenschaftliche Berichterstattung' dissertiert." Da machten die Männer schon freundlichere Gesichter, und Steve Falik, der den jungen Mann mit Interesse beobachtet hatte, sagte: „Schließen Sie los, Herr Doktor!"

„Als ich auf die Nachricht unseres Mitarbeiters hin hieher kam, das war vor zwei Tagen, horchte ich einmal die Leute da ein wenig aus, und die berichteten, daß die Studentengruppe über die gemachte Entdeckung sehr lebhaft debattierte und einigermaßen erregt war. Das war für mich Anlaß genug, der Sache Gewicht beizulegen. Ich ließ mir aus der Redaktion einen kleinen Geheimsender und eine Filmkamera mit Teleobjektiven kommen sowie einen Empfänger und ein Tonbandgerät. Das Mikrofon des Geheimsenders habe ich gut getarnt in der Felswand oberhalb der Stelle versteckt, wo die Strahlung entdeckt wurde. Der Sender ist noch etwas weiter oben in einem Strauch verborgen. Es war eine halsbrecherische Kletterei, dann suchte ich mir auf der gegenüberliegenden Talseite ein Versteck. Im dichten Gestrüpp war es nicht schwer, einen geeigneten Platz dafür zu finden. Dort baute ich dann meine Filmkamera und das Tonbandgerät sowie den zum Sender gehörigen Empfänger auf, und dann konnte es losgehen."

„Raffiniert eingefädelt!" bemerkte Bull, „wenn Sie so weitermachen, habe ich keine Sorgen um Ihre Karriere."

„Ich habe, als Sie am Grabungsplatz eintrafen, auf dem Funkweg mein verstecktes Mikrofon und den Sender eingeschaltet und die Gespräche auf Band aufgenommen. Es ist natürlich nicht alles verständlich, manchmal war der Sprecher zu weit vom Mikrofon entfernt, aber das, was ich erfahren und festgehalten habe, scheint mir sehr interessant. Auch habe ich mit dem Teleobjektiv einen Film gedreht, besonders das Verhalten des — wie mir scheint — sehr gescheiten Hundes ist mehr als merkwürdig."

„Und was wollen Sie jetzt von uns?" fragte Professor Koenigsfeld ungeduldig.

„Ich hielt den jetzigen Augenblick für den richtigen, mich vorzustellen und Ihnen einen Vorschlag zu machen. Sie akzeptieren mich als alleinigen Reporter, geben niemand anderem Informationen, dafür verspreche ich Ihnen, mit der Veröffentlichung so lange zu warten, bis Sie zu einem Abschluß Ihrer Untersuchungen gekommen sind."

„Der Vorschlag ist vernünftig", meldete sich Gus Nortop, „ich würde ihn annehmen, sonst erscheint morgen etwas im ‚Reporter', was uns mehr schadet als nützt, weil es nicht einmal die halbe Wahrheit sein kann."

„Ich will noch ein übriges für Sie tun, meine Herren!" schlug Tom Hell vor, „es besteht die Möglichkeit, daß auch andere Reporter, vielleicht sogar vom Fernsehen, von der ganzen Sache Wind bekommen, und dann ist es mit Ihrer ungestörten Arbeit aus. Ich werde mich vorläufig opfern und meinem Blatt einen Bericht geben, der die Aufmerksamkeit von Ihrem Unternehmen hier ablenkt. Ich werde schreiben, daß hier eine paläolithische Station vermutet wurde, daß aber die Grabungen bis jetzt keinen Erfolg brachten. Das ist zuwenig ergiebig, um andere Journalisten hierher zu locken. Sie nehmen mich einfach in Ihr Team auf, meinen Dokumentarfilm und die Tonaufzeichnungen stelle ich Ihnen zur Verfügung, und wenn es dann soweit ist, können Sie mit einer einwandfreien und wissenschaftlich korrekten Berichterstattung rechnen!"

„Sie gefallen mir", sagte Professor Unruh, „einverstanden! Sind es die anderen Herren auch?" Diese nickten, und der Physiker nahm den Reporter mit Handschlag in das Team auf.

2. Kapitel

SENSATION AUS PONANS

Eine Woche nach dem Beginn der Grabungen unter den Kalkfelsen erschien in der vielgelesenen und auflagenstarken Zeitung „Reporter", und zwar in der Morgenausgabe, in ganz großer Aufmachung eine Nachricht, die sich in Sekundenschnelle über die Massenmedien der ganzen Erde weiterverbreitete. Für den „Reporter" war es das große Geschäft, und der Reporter Tom Hell stand beim Chefredakteur plötzlich in ganz großer Gunst und wurde über Nacht zum Generalreporter ernannt. Sein Bericht sei im Wortlaut wiedergegeben, denn er muß als historisches Dokument gewertet werden:

> *Vor 50.000 Jahren — Besuch aus dem Weltraum*
> *Fremde Astronauten bei Ponans gelandet — Endlich Gewißheit über eine umstrittene Frage*
> *Originalbericht des REPORTER von Dr. Tom Hell*
> *Nun haben wir den Beweis in Händen, daß die Erde schon einmal, wenn auch vor langer Zeit, von fremden Intelligenzen besucht wurde. Wir sind in der glücklichen Lage, als erste einen authentischen und autorisierten Bericht über die aufregende Entdeckung zu bringen. Durch Zufall wurde bei einer Übungsexkursion von Studenten im Felsental bei Ponans eine verstärkte Gammastrahlung entdeckt. Unter der Leitung Professor Unruhs, des bekannten Physikers, sowie des Prähistorikers Koenigsfeld, des Paläontologen Newman und des Geologen Ross wurden Grabungen angesetzt, die gleich am ersten Tag zu einem unerwarteten Ergebnis führten. Die Gammastrahlung und die zugleich mit ihr festgestellte Alphastrahlung entstanden durch den Zerfall des künstlichen, transuranischen Elementes Curium 245. Da dieses Element in der Natur nicht vorkommt, konnte mit großer Gewißheit angenommen werden, daß es von*

außerhalb der Erde kam. Die Grabung förderte vorerst einen merkwürdigen, mit Kalksinter überzogenen Gegenstand zutage, dessen annähernd kugelförmige Gestalt von Anfang an ungewöhnlich erschien.
Die sensationelle Überraschung kam erst bei der näheren Analyse des „Dinges", wie die Wissenschaftler in zurückhaltender Aussage den Gegenstand vorerst nannten. In mühevoller Präparationsarbeit konnte das „Ding" von den Spuren der Zeit befreit werden. Dabei stellte sich heraus, daß das „Ding" ein Helm war, zweifellos der Kopfteil eines Raumanzuges. Das Material des Helmes ist, wie eine sorgfältige chemische Analyse ergab, eine Legierung, wie sie auf der Erde in solchen Mischungsverhältnissen überhaupt nicht hergestellt wird, Aluminium, Beryllium und Titan sind die hauptsächlichsten Komponenten. Die genaue Zusammensetzung bleibt einer wissenschaftlichen Publikation vorbehalten. Auf der einen Seite war dieser Kopfteil mit einer aufklappbaren Sichtscheibe aus einem durchsichtigen Material versehen, sodaß von einer gewissen Ähnlichkeit mit irdischen Raumanzügen gesprochen werden kann. Das Material der Sichtscheibe ist ein besonderer Kunststoff mit auf der Erde bisher unerreichten Eigenschaften, es widerstand sogar jeder Verwitterung, nur die Sinterschicht mußte entfernt werden. Das Innere des Helmes war mit gesintertem Material gefüllt, doch ergab eine Untersuchung der an der Innenseite klebenden Schicht organische Substanzen. Die Analyse ist noch nicht abgeschlossen, verspricht jedoch wertvolle Hinweise. Der untere Anschlußteil zeigt Spuren, als ob der Helm gewaltsam vom Körper abgetrennt worden wäre.
Nach all den Feststellungen bleibt nur eine Schlußfolgerung übrig: Es handelt sich um einen Teil eines Raumanzuges. Ein Raumfahrer, der auf der Erde landete, ist seines Helmes beraubt worden. Die weiteren Grabungsergebnisse lassen auf dramatische Ereignisse schließen, denn in unmittelbarer Nähe, in annähernd der gleichen Tiefe, wurden drei männliche Skelette in ungewöhnlich gutem Erhaltungszustand gefunden. Sie lagen alle parallel, als ob sie bestattet worden wären, bei einem fand

sich im Schädel eine kleine runde Öffnung und auf der gegenüberliegenden Seite eine zweite, ganz ähnliche. Es kann sich nur um die Spur eines Durchschusses handeln, die Kleinheit der Öffnung deutet jedoch eher auf die Einwirkung einer Strahlenwaffe als auf ein Geschoß. Die Untersuchung der Skelette durch Professor Koenigsfeld brachte interessante Ergebnisse. Es handelt sich um typische Neandertaler, alle drei etwa im Alter von 25 Jahren, bei zweien der Skelette konnte keine Spur einer Gewaltanwendung gefunden werden, doch kann dies darauf zurückzuführen sein, daß die tödliche Einwirkung nur Weichteile des Körpers betroffen hat. Die Grabung förderte an der Bestattungsstätte keine Beigaben, keine Steinwerkzeuge oder Tierknochen zutage, doch in einiger Entfernung fanden sich reichlich Spuren einer altsteinzeitlichen Wohnstätte, die anscheinend nach den Ereignissen gemieden wurde.

Soweit die bisherigen Ergebnisse der Grabung. Sie erlauben die eindeutige Feststellung, daß die Erde mit Besuchen aus dem Weltraum rechnen kann, denn wenn ein solcher Besuch schon einmal stattgefunden hat, dann besteht die Möglichkeit einer Wiederholung, wenn auch die Zeitabstände nach menschlichen Maßstäben gewaltig groß sein mögen. Über die Herkunft der Astriten, wie die Wissenschaftler sie nannten (Astra, griechisch = Gestirn), kann augenblicklich noch nichts gesagt werden, aber vielleicht werden die weiteren Nachforschungen oder glückliche Funde einen Hinweis auf ihre kosmische Heimat bringen.

Aus den Fundumständen können die Geschehnisse, die sich in der fernen Vergangenheit abspielten, annähernd rekonstruiert werden. Ein einzelner Astrit dürfte in diesem Tal von einer Horde Neandertaler überfallen worden sein, möglicherweise geriet er in einen Hinterhalt und wurde getötet. Vielleicht wurde sein Körper durch einen Speerwurf durchbohrt, denn am Helm fanden sich keine Spuren von Gewaltanwendung. Die Reste organischer Substanz im Helm könnten damit erklärt werden, daß als Folge der Verwundung durch den Speer ein Blutaustritt aus dem Mund stattgefunden hat, möglicherweise infolge einer Verletzung der Lunge. Wir wissen allerdings nichts über die Anatomie der Astriten, daher ist letzteres nur Vermutung. Anscheinend haben die Neandertaler den Kopf samt Helm als Trophäe erbeutet, aber sich nicht lange des Sieges erfreuen können. Die Gefährten des Astriten — vielleicht wurden sie noch während des Überfalles herbeigerufen — bargen den Toten, jagten die Trophäe den Neandertalern ab und nahmen den Körper sowie den Kopf des Toten mit, nur den Helm ließen sie zurück. Welche Bewandtnis es mit dem losen Stückchen Curium 245 hatte, dafür konnte noch keine plausible Erklärung gefunden werden.

Eine genaue Untersuchung der Steinwerkzeuge der Neandertaler und der Schichten läßt eine annähernde Datierung der Geschehnisse zu. Sie ereigneten sich vor rund 50.000 Jahren während der letzten Eiszeit, die als Würm-Eiszeit bezeichnet wird. Allem Anschein nach wurde diese Stelle als Siedlungsplatz, wohl im Hinblick auf die unheimlichen Ereignisse, die sich dort vor den Augen der primitiven Menschen abgespielt hatten, von den Neandertalern seither gemieden.

Durch diesen einmaligen Fund ergeben sich weitere Fragen, auf die es vorerst keine Antwort gibt. Es ist unwahrscheinlich, daß die Astriten uns nur an dieser einen Stelle einen Besuch abstatteten. Sicher sind sie auch anderswo gelandet. Wo, das wissen wir noch nicht. Aber vielleicht wird die Wissenschaft dieses Geheimnis früher oder später aufdecken."

Dieser Bericht im „Reporter" erregte ungeheures Aufsehen in der ganzen Weltöffentlichkeit, alle anderen Ereignisse traten für einen Tag in den Hintergrund, und Tom Hell und die Männer der Wissenschaft — letztere zu ihrem Leidwesen — standen im Mittelpunkt des Interesses und wurden von Zeitungsberichterstattern und Fernsehreportern belagert. An eine Fortsetzung der Grabungsarbeiten war zunächst nicht zu denken. Vorerst mußte die Grabungsstelle vor Unbefugten und Neugierigen abgesichert werden, insbesondere war zu befürchten, daß Raubgräber versuchen würden, ihre Tätigkeit in das so stille Tal zu verlegen. Die Grabungsstelle wurde mit Stacheldraht eingezäunt und Tag und Nacht bewacht.

3. Kapitel

DIE HÖHLE

Einige Tage waren vergangen, da meldete sich — inzwischen hatten die Grabungen keine weiteren Sensationen gebracht — ein Junge bei Professor Unruh und tat sehr geheimnisvoll: er habe ihm etwas sehr Wichtiges mitzuteilen. Der Physiker war hellhörig und ließ den Buben erzählen:

„Ich kenne die Felswand sehr genau. Wir sind überall herumgeklettert und haben alles untersucht. Dabei haben wir an einer Stelle, die nur in schwieriger Kletterei zu erreichen ist, ein Loch in der Felswand gefunden, eigentlich eine Spalte und davor ein schmales Rasenstück. Darauf konnten wir gerade stehen."

„Erzähle weiter", ermunterte ihn der Physiker, doch hätte es dieser Ermunterung gar nicht bedurft, denn der sehr schlau aussehende Junge war gut in Schuß.

„Bei diesem Loch gibt es einen Luftzug. Wir haben dieses Loch auch im letzten Winter, als gerade kein Schnee uns beim Klettern behinderte, besucht. Im Winter kam etwas wärmere Luft heraus, im Sommer zog die Luft in das Loch hinein. Das tut sie auch jetzt."

Ein Windröhrensystem, dachte der Physiker, also muß es am Fuß der Felswand eine Öffnung geben oder auch mehrere, wenn auch kleine Löcher. Unruhs Spannung wuchs.

„Wie hoch über dem Talboden liegt die Öffnung?" wollte er wissen.

„Sehr hoch!"

„Wie hoch?"

„Das kann ich nur schätzen, wir haben es nicht gemessen, das ist auch uninteressant, aber wenn Sie es unbedingt wissen wollen, ungefähr dreimal so hoch wie der Kirchturm von Ponans." Der Junge machte eine kleine Pause und sah den Physiker erwartungsvoll an. Dieser rief Fräulein Dubois, die auch weiterhin für das leibliche Wohl der Männer sorgte: „Bringen Sie dem Jungen eine Tasse Kakao und auch einen Kuchen, wenn noch ein Stück davon vom Mittagessen übriggeblieben ist."

„O doch", sagte Fräulein Dubois, und es dauerte nicht lange, und das Gewünschte wurde aufgetragen.

„So, jetzt wird dir das Erzählen leichterfallen, wie heißt du denn eigentlich?"

„Meine Freunde nennen mich Gemse, weil ich so gut klettere!" Dabei blickte er Professor Unruh verschmitzt an und biß ein großes Stück Kuchen ab. Noch mit halbvollem Mund fuhr er fort: „Diese Spalte, die wir gefunden haben, ist zu schmal, um einen Erwachsenen durchzulassen. Für uns schien sie aber gerade groß genug, und mit einiger Mühe konnten wir durchkriechen. Wir machten es so, wie ich einmal gelesen habe. Wir zogen uns aus, schmierten uns mit Öl ein, damit wir geschmeidiger wurden, und als wir drinnen waren, zogen wir den an einer Schnur angebundenen Sack mit unseren Kleidern in die Höhle, und mit einem Tuch wischten wir das Öl, so gut es ging, weg, dann erst zogen wir uns wieder an, denn in der Höhle ist es empfindlich kalt. Beim Ausstieg wiederholte sich der Vorgang."

„Was habt ihr in der Höhle gefunden?" fragte der Physiker schon sehr gespannt.

„Gerade deswegen bin ich hier. Meine Freunde und ich, wir haben beschlossen, Ihnen das Geheimnis zu verkaufen!"

„Da sieh einmal", lachte der Physiker, „ihr seid geschäftstüchtig, aber ich kaufe keine Katze im Sack, da muß ich schon wissen, welches Geheimnis ihr verkaufen wollt."

„Wir sind mit Handscheinwerfern in die Höhle eingestiegen und haben auch Kerzen als Notbeleuchtung mitgenommen. Zuerst ging es in einem Schacht abwärts, ich hatte mir von meinem älteren Bruder ein Kletterseil ausgeborgt, und so konnten wir uns an einigen schwierigen Stellen abseilen. Dann kamen wir an einen abwärts geneigten Gang, er sah aus wie ein Stollen, nach einer Weile verzweigte er sich. Wir mußten Papierstreifen auslegen, um uns nicht zu verirren und den Rückweg zu sichern, denn wir kamen in ein richtiges Gewirr von Gängen und kleineren und größeren Räumen. Schöne Tropfsteine und diese Kristalle fanden wir an vielen Stellen!" Gemse griff in seine Hosentasche und zog einen Kalkstein hervor, der über und über mit funkelnden Kalzitkristallen, wie mit Brillanten, überzogen war. Professor Unruh nahm das Stück in die Hand und betrachtete es aufmerksam: „Ein schönes Exemplar — aber sonst habt ihr nichts gefunden?"

„Die Höhle scheint vor uns noch nicht begangen worden zu sein", fuhr Gemse fort, „wir haben keine Spur von Höhlenforschern gefunden." Professor Unruh machte ein enttäuschtes Gesicht, was Gemse nicht entging, denn lachend berichtete er weiter:

„In einem größeren Raum, es war schon beinahe eine Halle, und, nach unserer Kletterei zu schließen, muß sich diese Halle schon sehr tief unter dem Einstieg befinden, da sahen wir etwas ..."

Gemse hielt inne.

„Was habt ihr gesehen?" Professor Unruh wurde schon ungeduldig.

„Was geben Sie mir, wenn ich es Ihnen sage und dann als Draufgabe auch den Einstieg zeige? Ohne uns werden Sie ihn nur schwer finden, wenn Sie ihn überhaupt entdecken!"

Ohne ein Wort zu sagen, griff der Professor in seine Brieftasche und hielt Gemse eine größere Geldnote hin. „Einverstanden?"

„Einverstanden!" sagte Gemse und griff zu.

„Also jetzt heraus mit der Sprache!" sagte Unruh streng. Doch Gemse ließ sich nicht aus der Ruhe bringen, denn er war seiner Sache sicher.

„In dieser Halle, wir nannten sie die Halle der Astronauten, fanden wir Malereien, Darstellungen von Gestalten, die aussehen, als ob sie Raumanzüge tragen würden. Als ich in der Zeitung las, daß Sie den Helm eines Raumfahrers gefunden haben, der vor fünfzigtausend Jahren hier landete, dachte ich mir, das würde Sie interessieren, und so bin ich gekommen, um Ihnen diese Information zu verkaufen!"

„Und wann willst du uns den Eingang zu der Höhle zeigen?" fragte Unruh.

„Morgen um acht Uhr früh bin ich bei Ihnen", sagte Gemse treuherzig.

„Und wer gibt mir die Gewißheit, daß das alles nicht ein Schwindel ist und du nur geflunkert hast und daß wir morgen vergebens auf dich warten?" Der Professor blickte ihn durchdringend an. Doch Gemse hielt dem Blick stand, streckte dem Professor die Rechte hin und sagte: „Ehrenwort!" Dabei blickte er ihn so vertrauenserweckend an, daß Unruh von der Ehrlichkeit des Buben völlig überzeugt war. „Also gut, wir erwarten dich morgen um acht Uhr hier. Ich werde indessen das Nötige für die Höhlenfahrt und die Erweiterung des Einstieges besorgen. Aber wehe dir, wenn du uns zum besten gehalten hast, Gemse, wir würden dann schon herausbekommen, wer du bist, und dann ... du kannst dir schon ausmalen, was dann geschieht!" Gemse lachte nur, machte eine linkische Verbeugung, und schon war er bei der Tür draußen. Mit raschen Schritten ging er das Tal hinauf; plötzlich war er in den Büschen verschwunden und wie vom Erdboden verschlungen.

Als Professor Unruh seinen Kollegen von dieser Unterredung erzählte, fand er nur geteilte Zustimmung. Die meisten hätten es lieber gesehen, wenn er Gemse nicht mehr fortgelassen hätte, einige waren sogar überzeugt, er würde nie mehr kommen. Einzig Fräulein Dubois setzte sich rückhaltlos für den Jungen ein.

Professor Koenigsfeld machte den Vorschlag, den klugen Meso auf Gemses Spur zu setzen, um seinen Weg zu erkunden, doch Professor Newman war damit nicht einverstanden: „Entweder kommt der Bursche morgen, dann ist alles in Ordnung, oder er kommt nicht, dann sind wir um eine Erfahrung reicher geworden und Fräulein Dubois hat eine Enttäuschung mehr erlebt."

Der Journalist Tom Hell war nicht ganz ihrer Meinung, trotz seiner Jugend — oder vielleicht gerade deshalb — hatte er gemischte Gefühle, es schien ihm, als würde an der ganzen Geschichte irgend etwas nicht stimmen, aber er wußte nicht wo und was.

„Er wird kommen", sagte die Psychologin bestimmt. Sie sollte recht behalten, zur vereinbarten Stunde tauchte Gemse plötzlich auf.

Professor Unruh hatte sorgfältig geplant, denn auch er war innerlich von der Vertrauenswürdigkeit des Jungen überzeugt.

Er hatte Lampen, Meißel und Hämmer, Seile und Strickleitern für die Höhlenexpedition vorbereitet. Blitzlicht und Fotogeräte vervollständigten die Ausrüstung. An der Höhlenfahrt nahmen außer Professor Unruh der Paläontologe Newman mit seinem treuen Begleiter Meso, der Geologe Ross, Fräulein Dubois und als Berichter Doktor Tom Hell teil. Zu seinem allergrößten Leidwesen konnte der Prähistoriker Koenigsfeld, eigentlich die Hauptperson, nicht mit von

der Partie sein, er mußte an der Hochzeit seiner Tochter teilnehmen. Einige Hilfskräfte von seinem Institut hatte er jedoch zur Verfügung gestellt.
Langsam bewegte sich die kleine Gruppe talaufwärts, Gemse marschierte auffallend schweigsam an der Spitze. Nach etwa zweihundert Metern deutete Gemse nach rechts und zwängte sich durch ein dichtes Gebüsch, die anderen ihm nach. Da wurde ein kleiner Steig sichtbar, den aber nur Ortskundige weiterverfolgen konnten, denn manchmal schien er sich zu verlieren. Er führte steil aufwärts, zuerst durch einen niedrigen Nadelwald, führte in vielen Windungen in den Felsen aufwärts, holte weit aus, umging lotrechte Wände, und endlich standen sie, schon nahe der Höhle, vor einem Steilabfall. Wie eine Gemse, der Junge machte seinem Spitznamen alle Ehre, kletterte der Führer der kleinen Expedition hinab und blickte zurück, als die anderen zögerten, ihm zu folgen.
„Kommen Sie nur, gleich sind wir beim Eingang", rief Gemse ihnen zu und verschwand hinter einem Felsblock. Dann hörten sie wieder seine Stimme: „Ich bin schon da!"
Tom Hell war der erste, der Gemse folgte, und nach einer kleinen Weile kam er mit dem Jungen wieder zurück.
„Es ist nicht so gefährlich, aber ohne den Jungen hätten wir den Eingang in die Unterwelt wirklich nie gefunden. Wir werden die Ungeübten mit dem Seil sichern, wenn wir einmal unten sind, ist das Ärgste überstanden, denn vor der Spalte ist eine Art Balkon, auf dem wir alle bequem Platz haben." Bald waren alle auf dem ebenen Stück vor dem Höhleneinstieg versammelt. Ein prachtvoller Ausblick bot sich dar, tief unten schlängelte sich das enge Tal, und der gegenüberliegende Hang prangte in einem Muster aus allen Tönungen des Grüns von den verschiedenen Laub- und Nadelbäumen. Aber die Männer schenkten den Schönheiten der Natur nicht die geringste Aufmerksamkeit. Sie waren mit ihren Gedanken bei den Neandertalern und den geheimnisvollen Besuchern aus dem Weltraum.
Die Gehilfen machten sich mit Hämmern und Meißeln sogleich ans Werk, der Fels war verhältnismäßig leicht zu bearbeiten, eine Sprengung des Einganges hielt Professor Unruh für zu gefährlich. Die Höhle sollte nicht beschädigt werden. Da die enge Stelle nicht sehr

tief reichte und sich nach innen zu erweiterte, schritt die Arbeit rasch voran. Als die Einstiegsöffnung für alle groß genug war, inzwischen stand die Sonne schon hoch am Himmel, suchte Professor Unruh den Jungen. Sie hatten im Eifer der Arbeit und Erwartung nicht weiter auf ihn geachtet, jedenfalls war er im Augenblick nicht zu sehen. „Gemse!" rief Professor Unruh. „Wo bist du, wir steigen ein!" Nichts rührte sich, alles Rufen nützte nichts, Gemse war und blieb verschwunden. Anscheinend hatte er sich aus dem Staub gemacht, denn daß ihm etwas zugestoßen wäre, war kaum anzunehmen.
„Gemse ist fort!" rief Professor Unruh den beiden zu, die bereits im Einstieg waren. „Sie hätten, Fräulein Dubois, doch nicht so vertrauensselig sein sollen, Ihr psychologischer Spürsinn scheint Sie betrogen zu haben", bemerkte Professor Ross.
„Abwarten", meinte die Psychologin, „wir werden sehen, ob die Geschichte mit den Zeichnungen erfunden war oder nicht, wenn wir die Zeichnungen finden, dann ist doch alles in Ordnung, ob wir den Jungen bei uns haben oder nicht!"
Bei dieser Erklärung hätte Fräulein Dubois beinahe den Halt verloren und wäre in die Tiefe gerutscht, wenn Tom Hell sie nicht noch rechtzeitig an der Hand gepackt hätte.
„Halten Sie sich an mich, und Sie werden gut höhlenfahren!" sagte Tom Hell lachend, „und zum Dank für die Lebensrettung dürfen Sie jetzt Tom zu mir sagen!"
„Und Sie jetzt Aimée zu mir!" Damit wurde am Beginn einer Höhlenfahrt eine Freundschaft geschlossen.
„Das Verschwinden unserer Gemse gefällt mir gar nicht", Tom schüttelte den Kopf, doch Professor Unruh gab das Zeichen zum Abstieg. Sie folgten den Gang abwärts, schwierigere Stellen wurden mit dem Seil gemeistert, sie fanden alles genau so, wie Gemse es ihnen geschildert hatte.
Nach und nach stieg die Erwartung trotz der Höhlenkälte bis zum Siedepunkt. Die Höhlenwanderung verlief schweigend, Tom und Aimée bildeten die Spitze, die Hilfskräfte die Nachhut. Plötzlich hielten Tom und Aimée an, sie waren in einen größeren Hohlraum, eine kleine Halle, gekommen. „Wir sind da!" rief die Psychologin, „Gemse hat doch die Wahrheit gesprochen. Da sind die Zeichnungen!"

So rasch es der glitschige Höhlenlehm erlaubte, eilte alles vorwärts, und die Lichtkegel der Lampen tasteten eine fast lotrechte Wand ab. Staunend betrachteten die Wissenschaftler die Darstellungen, die sich in geringer Höhe über dem Boden befanden. Sie waren in roter und schwarzer Farbe in groben Strichen ausgeführt und hatten eine Ähnlichkeit mit Buschmannzeichnungen. Sie zeigten stilisierte Figuren, die deutlich als Raumfahrer in Raumanzügen zu erkennen waren, alles in allem drei Gestalten, mit einem Stab in der Hand, der vielleicht als Waffe gedeutet werden konnte. In der Nähe dieser Gestalten lagen drei menschliche Wesen auf dem Boden hingestreckt, mit einiger Phantasie konnten sie als stilisierte Neandertaler angesehen werden.
Der Paläontologe Newman starrte die Wand ganz fasziniert an: „Es scheint sich hier um einen ganz merkwürdigen Stil zu handeln, der der Wissenschaft noch nicht bekannt ist. Allerdings vermisse ich etwas, es sind keine Tierdarstellungen an dieser Wand, aber jedenfalls eine kolossale Entdeckung. Aber warum Gemse wohl verschwunden ist?"
„Vielleicht kommt er wieder", mutmaßte der Geologe, „so wahr ich Cole Ross heiße, dieses Wandgemälde stimmt ganz mit den Vorstellungen überein, die wir uns von den Ereignissen am Fuße der Felswand machten. Die drei toten Neandertaler deuten auf einen Kampf, nur der tote Raumfahrer wurde nicht festgehalten, aber vielleicht hatten die Künstler eine magische Scheu, dieses ihnen unheimliche tote Wesen darzustellen."
„Die Zeichnungen sind mit Rötel und Kohle gemacht, ihr Erhaltungszustand ist außergewöhnlich gut. Selten wurden altsteinzeitliche Darstellungen ..." Tom Hell unterbrach den Geologen und dämpfte die Begeisterung: „Es ist schade, daß Professor Koenigsfeld nicht mitkommen konnte, ich schlage vor, nicht weiter zu forschen, sondern alles unberührt zu lassen, um nicht etwaige Spuren im Boden zu verwischen, wir sind ohnehin schon zuviel herumgestiegen. Ich weiß nicht, ich habe so das Gefühl, daß in dieser Sache noch nicht das letzte Wort gesprochen ist."
„Wie meinen Sie das?" fragte Aimée, „Gemse hat doch die Wahrheit gesprochen."
„Das hat er, die Zeichnungen sind tatsächlich da. Aber sein Verschwinden gefällt mir immer weniger und dann — sehen Sie einmal!"

Tom Hell machte auf Mesonyx aufmerksam, der selbstverständlich an der Höhlenfahrt teilgenommen hatte, bisher aber nicht in Aktion getreten war. Der kluge Hund war anscheinend ziellos in der Höhle herumgegangen, immer die Nase auf dem Boden, er machte auch kleine Umwege in Nebengänge, dann kehrte er wieder zu der Bilderwand zurück und beschnupperte sie eifrig, stellte sich dabei sogar auf die Hinterbeine und roch an den Zeichnungen.
„Was hast du, Meso?“ fragte ihn sein Herr. Ein Mittelding zwischen Knurren und kurzem Bellen war die Antwort.
„Vielleicht riecht er die Spur von Höhlenbären“, scherzte Professor Unruh, der die Zeichnungen lange und aufmerksam betrachtet hatte. „Aber im Ernst, ich stimme dem Vorschlag unseres Freundes Hell zu, nichts weiter zu unternehmen, bevor nicht der Fachmann zugezogen werden kann. Ihm müssen wir die Auslegung und die weiteren Nachforschungen überlassen, auch ich würde es mir verbitten, daß sich jemand in mein Fach einmischt. Wir haben berechtigte Vorarbeiten geleistet, aber jetzt ist es besser, wenn wir uns zurückziehen!“

4. Kapitel

EINE ÜBERRASCHUNG

Mit Ungeduld wartete das Team der Höhlenforscher auf das Eintreffen des Prähistorikers Koenigsfeld. Vorsorglicherweise wurde der Eingang zur Höhle, der nach seiner Erweiterung nun für jedermann passierbar war, durch ein versperrbares Gitter abgeschlossen, dies war auf Anraten Tom Hells geschehen. Er äußerte keine Gründe dafür, Professor Unruh hatte jedoch mit Verwunderung eine Veränderung im Wesen des Journalisten bemerkt, seit sie die Zeichnungen in der Höhle entdeckt hatten. Tom Hell war weniger redselig als zuvor und schien in sich gekehrt. Professor Koenigsfeld kam etwas verkatert von der Hochzeit seiner Tochter und war daher nicht gerade bester Laune.

„Herr Kollege, unsere Entdeckung in der Höhle müßte sie doch brennend interessieren", mit diesen Worten begrüßte ihn der Paläontologe Newman.

„Schon, schon!" brummte der Prähistoriker und fuhr sich über die Stirn, „bei einem prähistorischen Gelage dürfte es kaum toller zugegangen sein als gestern."

„Also kommen Sie schon, die frische Luft beim Aufstieg zum Höhleneingang wird Ihnen sicher guttun, atmen Sie nur kräftig ein", ermunterte ihn Cole Ross, wie immer zu Späßen aufgelegt. An der kleinen Expedition, die schweigend den steilen und schmalen Pfad zum Höhleneingang emporstieg, nahmen außer Professor Koenigsfeld, der nunmehrigen Hauptperson, die Professoren Unruh, Newman und Ross, der Zukunftsforscher Falik, Dr. Tom Hell als Vertreter der Presse und Fräulein Dubois teil. Selbstverständlich durfte Mesonyx nicht fehlen. Einige Hilfskräfte mit Scheinwerfern sowie Foto- und Filmapparaturen bildeten den Abschluß.

Endlich stand die Gruppe vor der Höhlenwand mit den Zeichnungen. Von Gemse hatte sich in der Zwischenzeit keine Spur gezeigt,

daran dachte im Augenblick aber niemand, mit Ausnahme vielleicht von Tom Hell, der als erster eine gezielte Frage an Professor Koenigsfeld stellte: „Nun, was sagen Sie zu diesen Zeichnungen?"
Die Kühle der Höhle hatte dem Prähistoriker gutgetan, der Druck in seinem Kopf war gewichen. Mit fachmännischem Blick musterte er die von starken Scheinwerfern angestrahlte Wand. Dann trat er einen Schritt zurück und räusperte sich, als wollte er eine Vorlesung im Hörsaal beginnen:
„Nun ja, mhm, die Analyse der Funde am Fuße der Felswand hat ein Alter von 50.000 Jahren ergeben. Zweifellos war also diese Höhle in der vierten Kaltzeit, der Würm-Eiszeit, besiedelt."
Professor Unruh unterbrach seinen Kollegen: „Und ich kann Ihnen die erfreuliche Mitteilung machen, daß eine Untersuchung des gefundenen Curiums in meinem Institut auf ein größenordnungsmäßig ähnliches Alter hindeutet. Aber bitte, fahren Sie in Ihren Ausführungen fort, Herr Kollege."
Tom Hell und Fräulein Dubois hielten sich im Hintergrund und tuschelten miteinander. Während der folgenden Erläuterungen des Prähistorikers stieß der Journalist Fräulein Dubois manchmal mit dem Ellbogen in die Seite, und ein Schmunzeln huschte mehrmals über sein Gesicht. Professor Koenigsfeld war nun ganz in seinem Element und groß in Fahrt:
„Also, dann steht es zweifellos fest, wenn diese Zeichnungen annähernd mit der Zeit zusammenfallen, als sich die Ereignisse am Fuße der Felswand abspielten, daß sie von Neandertalern stammen. Näher datiert im Jungpaläolithikum, genauer im älteren Jungpaläolithikum. Versuchen wir eine Stilanalyse der Bilder, so ist zweifellos ein eigener Stil festzustellen, der mit keinem der bekannten Stile übereinstimmt. Es wird Sache einer näheren Analyse sein, diesen Stil einzuordnen und zu klassifizieren. Merkwürdigerweise sind keine Tiere neben den Menschen dargestellt, nur eigenartige Linienzüge, wie sie im franco-kantabrischen Stil nicht vorkommen."
Professor Koenigsfeld kam immer mehr in Schwung, und seine Zuhörer lauschten gebannt den Ausführungen, die sein profundes Wissen verrieten.
„Bitte leuchten Sie mehr dahin!" Koenigsfeld zeigte auf eine Stelle

in etwas größerer Höhe, die er aufmerksam betrachtete. „Sehen Sie, solche Farbflecke kommen auch in der Höhle von Lascaux vor, nur setzen sie sich bei näherer Betrachtung zu Figuren zusammen, zu Tiergestalten. Diese hier scheinen aber keinen Zusammenhang zu haben.“ Professor Koenigsfeld trat ein wenig zurück. „Nein, sie lassen sich zu keiner gegenständlichen Darstellung zusammenfügen, hochinteressant, hier scheinen Ansätze einer abstrakten Kunst zu sein, deren Wurzeln sicher sehr weit zurückreichen.“

Während der Professor dozierte, schnupperte Mesonyx eifrig auf dem mit trockenem Höhlenlehm bedeckten Boden, der stellenweise von Schutt überlagert war.

„Sagen Sie, Herr Professor Koenigsfeld“, Tom Hell stellte eine hintergründige Frage, „ist es nicht überraschend, daß die Zeichnungen so frisch aussehen, als ob sie eben erst gemacht worden wären, nicht die Spur eines Sinterüberzuges ist zu bemerken.“

„Ja, wenn Sie mich so direkt fragen, muß ich zugeben, daß diese Zeichnungen erstaunlich gut erhalten sind, aber in sehr vielen Höhlen wurden ähnlich gut erhaltene Zeichnungen und Malereien gefunden, das hängt von der Luft ab, von ihrem Feuchtigkeitsgehalt . . .“

„Augenblick“, unterbrach ihn Tom Hell, „bevor Sie fortfahren, vielleicht ersparen Sie sich weitere Schlußfolgerungen, schauen wir einmal nach, was Meso da gefunden hat!“ Der Hund hatte am Fuße der Höhlenwand im Schutt zu scharren begonnen, seine feine Nase mußte etwas gespürt haben, was nicht so ganz zum allgemeinen „Höhlengeruchsbild“ paßte.

Tom Hell machte wenige Schritte bis zu dieser Stelle und bückte sich. Zwischen den Schuttbrocken zog er ein Etwas hervor und hielt es triumphierend in die Höhe. Es war ein Stück eines Schachteldeckels; von der Beschriftung war noch ein Wort deutlich zu lesen: Fettkreide. „Herr Professor Koenigsfeld, haben die Neandertaler des älteren Jungpaläolithikums bereits Fettkreide erzeugt und wohlverpackt und etikettiert in den Handel gebracht?“ Er hielt das Stück dem Professor unter die Nase. Wenn Koenigsfeld nicht im Schatten gestanden wäre, hätten die um ihn Herumstehenden bemerken müssen, daß er jäh blaß wurde.

„Wie . . . was . . .?“ stotterte der Prähistoriker, „das haben Sie jetzt

da gefunden, vielleicht hat es einer von uns verloren, es kann doch nicht möglich sein ..."
„Es ist möglich!" sagte Tom Hell trocken, und Fräulein Aimée Dubois konnte ein leises Kichern nicht unterdrücken. „Die Zeichnungen sind erst wenige Tage alt. Da — sehen Sie. Dieses Stückchen rote Fettkreide habe ich, als wir die Höhle das letzte Mal verließen, gefunden. Ich hob es auf und dachte vorerst, jemand von unseren Hilfskräften hätte es verloren. Dann aber kam mir blitzartig ein böser Verdacht, jener Junge könnte uns doch einen Streich gespielt haben. Und nun haben wir die Gewißheit, wir haben zu dem Stückchen Fettkreide auch die dazugehörige Schachtel, zumindest einen Teil von ihr, gefunden. Da — sehen Sie!" Tom Hell machte neben den schon vorhandenen Strichen an der Höhlenwand einige weitere.
„Und nun vergleichen Sie!" Koenigsfeld kam ganz nahe heran.
„Und nun sehen Sie einmal!" Tom Hell fuhr mit dem Finger über einen der eben gemachten Striche und dann über einen, der schon zuvor an der Höhlenwand war. Beide ließen sich in der gleichen Weise verwischen. Professor Koenigsfeld griff sich an den Kopf.
„Herr Kollege", der dicke, liebenswürdige Paläontologe Newman rettete für Koenigsfeld die Situation, „von dem, was sich heute in dieser Höhle abgespielt hat, wird kein Wort in die Öffentlichkeit dringen, das sind wir alle der Wissenschaft schuldig. Gerade in der Leidenschaft kann leicht die Ursache einer Täuschung liegen."
Tom Hell flüsterte Fräulein Aimée ins Ohr, aber so, daß es außer ihr niemand hören konnte: „Sehr leidenschaftlich sah Professor Koenigsfeld bei Beginn unserer heutigen Expedition gerade nicht aus!"
Newman blickte nach seiner rettenden Bemerkung in die Runde, und als er Zustimmung fand, sagte er nur: „Ich danke, also strengstes Stillschweigen, die Zeichnungen hier werden wir sofort auslöschen, sie sind wirklich nicht wert, in die neueste Publikation von Kollegen Koenigsfeld aufgenommen zu werden!" Dabei lächelte er gutmütig. Auch der Kollege von der Prähistorie lächelte, allerdings etwas säuerlich. Nur Tom Hell konnte eine Bemerkung nicht unterdrücken, in ihm regte sich der Journalist: „Diesmal fällt mir das Schweigegebot gar nicht leicht, die Geschichte gäbe eine prächtige Story, das werden alle einsehen, aber manchmal muß der Mensch auch verzichten ..."

„Vielleicht werden Sie noch zu einer besseren Story kommen!" sagte Newman in tröstender Absicht.

Aber in diesem Falle knüpften die Ereignisse folgerichtig an Newmans Trostworte an.

Meso hatte die Ohren gespitzt und ließ ein leises Knurren hören; dann blickte er starr in eine bestimmte Richtung, gegen den Hintergrund der Höhle, die sich dort in mehrere Gänge verzweigte. Tom Hell vermeinte, einen Lichtschimmer huschen zu sehen, und rannte auf die Stelle zu, so rasch es der schlüpfrige, lehmige Boden zuließ. Aber ehe er noch die Stelle erreichte, an der er den Lichtschein zu sehen geglaubt hatte, trat, wie aus der Finsternis geboren, eine seltsame Gestalt aus einem Seitenstollen hervor. Fräulein Dubois konnte einen leisen Schrei nicht unterdrücken, und die Männer blickten gebannt auf die plötzliche Erscheinung. War ein Raumfahrer aus einer anderen Welt erschienen?

5. Kapitel

DIE BEGEGNUNG

Keinesfalls, aber eine lebhafte Phantasie hätte in der Erscheinung so etwas sehen können. Der Mann, er war eher von kleiner, drahtiger Statur, trug einen Helm auf dem Kopf, ähnlich den Helmen der Raumfahrer, nur daß sich jener bei näherem Zusehen als eine Art Sturzhelm entpuppte. Auf dem Helm, oberhalb der Stirn, brannte ein helles Licht, das von einem Reflektor zurückgestrahlt wurde. Bekleidet war er mit einem enganliegenden, grauen Höhlenanzug, einer Art Overall, und stiefelähnlichen, derben Schuhen, an denen zu ersehen war, daß er Wasserläufe durchquert hatte. In der rechten Hand trug der Mann noch eine zweite Leuchte, eine Grubenlampe. Als er in das volle Licht der Expeditionsscheinwerfer trat, löschte er die Flamme, worauf sich sogleich der charakteristische Geruch von Acetylen in der Höhle verbreitete.

Keiner der Expeditionsteilnehmer sprach vorerst ein Wort, alle musterten die Gestalt, sie schienen vor Überraschung sprachlos. Dann ging aber der Zukunftsforscher mit amerikanischer Formlosigkeit auf sein Ziel los: „Hello man, wer sind Sie?“ Der Gefragte machte eine knappe Verbeugung, der Reflektor auf seinem Helm warf den Schein auf Faliks Füße.

„Abel mein Name. Valentin Abel . . .“

Es entstand eine kleine Pause, die Expeditionsteilnehmer wußten mit dieser Enthüllung nicht viel anzufangen. Als Abel die Verlegenheit bemerkte, blitzte es in seinen Augen lustig auf. Von seinem wahren Gesicht war nicht viel zu sehen, denn ein üppiger schwarzer Vollbart und ein ebensolcher Schnurrbart ließen außer Nase und Stirn wenig von seinem Antlitz frei.

Fräulein Dubois machte eine treffende Bemerkung zu Tom Hell: „Sieht beinahe aus wie ein Zwerg aus dem Märchen!“

„Wie sind Sie hereingekommen, der Eingang zu dieser Höhle ist doch versperrt gewesen", wollte Koenigsfeld wissen, dem es sichtlich peinlich war, daß es anscheinend noch einen weiteren Zeugen seiner wissenschaftlichen Entgleisung gab.

Mit wohltönender, tiefer Stimme meinte Valentin Abel: „Das werde ich Ihnen gleich erklären, aber nicht hier. Ich darf Sie gewissermaßen als meine Gäste betrachten, die meisten von Ihnen sind mir auch keine ganz Unbekannten mehr, insbesondere Professor Koenigsfeld und Dr. Tom Hell." Abel weidete sich an dem Erstaunen, das seine Worte auslösten, dann fuhr er fort:

„Leider habe ich in meinem Höhlensalon nicht sehr viel Platz, sodaß ich nur die Vertreter der Wissenschaft bitten kann, mir zu folgen. Ich glaube, die anderen Herren können ruhig den Rückweg antreten, für sie ist heute nichts mehr zu tun."

Tom Hell stieß Unruh an: „Benimmt sich so, als wäre er hier der Hausherr!"

„Vielleicht ist er es wirklich!"

Valentin Abel — Fräulein Dubois hatte ihm insgeheim bereits den Spitznamen Homo speleus gegeben — entzündete wieder seine Grubenlampe, und die Acetylenflamme zuckte auf. Dann gab er sie Tom Hell und bedeutete ihm, das Schlußlicht zu machen. Der Homo speleus ging schweigend voran, und bald war die kleine Gruppe in einem Seitengang verschwunden. Es ging ziemlich rasch bergab, je tiefer sie kamen, desto feuchter wurde der Boden. Von Zeit zu Zeit hörten sie Tropfen fallen, die in den Höhlenlehm kleine Löcher gruben. An den Wänden glitzerten stellenweise wasserklare Kalzitkristalle, dann wieder bedeckte Perlsinter den Boden, wobei ihr Führer sorgsam vermied, die Naturwunder dieses unterirdischen Reiches zu zerstören. So gingen sie etwa eine Viertelstunde durch den gewundenen Gang, von dem zahlreiche Seitengänge abzweigten und mit nachtschwarzen Augen den Menschenzug anstarrten.

„Allein würden wir nicht so bald den Ausgang wiederfinden!" flüsterte Newman dem Geologen Ross zu. Dabei war Newman sehr froh, daß es abwärts ging, doch mit leisem Schauder dachte er an den steilen Rückweg. Endlich kamen sie in eine größere Halle, in eine Ausweitung von der Größe einer Dorfkirche. Die Halle wurde an der ihnen entgegenblickenden Seite von Säulen getragen, von Tropfstei-

nen, Stalagmiten und Stalaktiten, die im Laufe von Jahrmillionen sich miteinander vereint hatten. Es gab aber auch Stalagmiten, die bis knapp an die Deckte ragten und frei standen — gleichmäßig armdicke Säulen. Der Homo speleus hob ein abgebrochenes Stück Tropfstein auf und schlug leicht an eine der Säulen. Da schwang ein überirdisch wohlklingender Glockenton durch den Raum und verlor sich nach mehrmaligem Echo in den Gängen und Räumen.
„Gleich sind wir am Ziel!" sagte der Homo speleus und blieb vor einer Seitenhöhle stehen. Sie war so groß wie ein bescheidenes Zimmer, nur die Decke verlor sich im Dunkel. An der Hinterwand hatte sich ein Sinterbecken gebildet, in das von der Decke ständig Wasser tropfte, wunderbar klares Wasser. Davor lagen einige Steinblöcke, die als Sitzgelegenheit dienen konnten. Auf einem dieser Blöcke saß eine kleine Gestalt. Professor Koenigsfeld stieß einen Ruf des Erstaunens aus: „Oho, das ist doch Gemse, der so plötzlich verschwunden ist. Er wußte wohl weshalb!"
Tatsächlich, es war der Junge, der das Geheimnis des Höhlenlabyrinthes gegen klingende Münze verkauft hatte. Die Teilnehmer der Expedition, die von dem Jungen hinters Licht geführt worden waren, begannen untereinander eine erregte Debatte, die von Valentin Abel, dem Homo speleus, mit den Worten beendet wurde: „Aber bitte, nehmen Sie doch Platz, Sie sehen, ich habe fürsorglich schon Decken auf den Steinblöcken ausgebreitet, denn es ist hier ziemlich kalt, wir haben hier ein richtiges Höhlenklima. Ich bin Ihnen einige Erklärungen schuldig, die sollen Sie gleich haben. Darf ich vorstellen, das ist mein Sohn Felix!"
„Grüß dich!" sagte Tom Hell und gab ihm die Hand. „Du hast Professor Koenigsfeld ganz schön hineingelegt, Zeichentalent hast du ohne Zweifel, nur paß das nächstemal auf, daß du nicht die Spuren deines Talentes zurückläßt. Ich habe beim ersten Besuch der Höhle schon Verdacht geschöpft, als ich ein Stück Fettkreide fand." Valentin Abel lehnte sich an den Rand des Sinterbeckens und begann zu sprechen: „Als mir Felix von seinem Streich erzählte, beschloß ich, in das Geschehen einzugreifen. Ich bin Schulleiter in der Nachbargemeinde Polust und weiß über die Geschehnisse Bescheid. Ich bin ein begeisterter Höhlenforscher und wollte gerne Prähistorie studieren, aber es

ist anders gekommen — vielleicht wird Felix auf dem Gebiet Fachmann werden, auf dem ich nur Amateur geblieben bin. Bei meinen ausgedehnten Streifzügen habe ich einen weit von der Felswand, über die Sie gekommen sind, entfernten Eingang zu diesem Höhlensystem gefunden. Ich habe niemandem von meiner Entdeckung erzählt, auch Felix wußte nichts davon. Dafür hat er unabhängig den Einstieg in der Felswand gefunden. Allerdings erst vor kurzer Zeit, während mir dieses Höhlensystem schon lange bekannt ist. Ich berauschte mich an dem Gedanken, daß dieses Reich im Berge mir gehörte, mir ganz allein. Ich habe seltsame Entdeckungen gemacht, deren Bedeutung mir aber erst durch die Funde, die Sie, meine Herren, machten, bewußt wurde."

Valentin Abel machte eine kleine Pause. Es herrschte Totenstille, nur das Fallen der Wassertropfen war zu hören.

„Sehen Sie sich hier einmal um. Die Decke ist, wo sie tiefer liegt, rauchgeschwärzt, aber teilweise ist diese Rußschicht schon von Sinter überzogen. Und da sehen Sie", Valentin Abel holte einen Handscheinwerfer hervor, „da oben, wo ich hinleuchte, beginnt ein Schacht, der ins Freie führen muß; er ist zwar ungangbar, der Rauch dieser Feuerstelle hier kann jedoch durch ihn abziehen, also ist dieser Raum für einen Aufenthalt sehr günstig gewesen: Wasser ist vorhanden, und für Rauchabzug ist gesorgt. Sie befinden sich in einer paläolithischen Station. Ich habe hier eine kleine Sammlung angelegt, bitte, wenn Sie sich hierher bemühen wollten." Abel führte seine Gäste in einen anschließenden kleinen Raum. Dort lagen, säuberlich ausgebreitet, Steinwerkzeuge, Faustkeile, Schaber, rohe Klingen, aber auch Knochen von Höhlenbären, Höhlenhyänen und sorgfältig präparierte Reste von Kleintieren, Fledermäusen, Schlangen usw. Sowohl der Prähistoriker als auch der Paläontologe gerieten in höchste Erregung, als sie diese Schätze aus einer bisher völlig unberührten, durch keine Raubgrabungen entweihten Höhle sahen.

„Das ist nur meine kleine Privatsammlung, auf keinen Fall der bedeutendste Schatz, den diese Höhle birgt. Aber setzen wir unsere Unterhaltung an der altsteinzeitlichen Feuerstelle fort. Ich habe für einen kleinen Imbiß gesorgt, denn Sie werden wahrscheinlich diese Höhle nicht so bald verlassen. Keine Angst, ich werde Sie nicht in diesem Labyrinth Ihrem Schicksal überlassen, die Überraschungen, die Sie noch erwarten, werden Ihren Aufenthalt verlängern."

Abel holte aus einer Nische einige Tabletts mit belegten Brötchen hervor und einige Thermosflaschen. „Meine Frau hat Brötchen gemacht, und ein Schluck heißer Tee wird uns guttun. Leider kann ich nicht mit Höhlenbärenschinken dienen oder einem saftigen Mammutsteak. Guten Appetit, ich werde indessen weitererzählen." Während die Gäste von Fräulein Dubois, die auch hier wieder die Hausfrauenrolle übernommen hatte, bedient wurden, setzte Abel fort:

„Alle meine Beobachtungen, die ich in dieser Höhle machte, lassen nur den einen Schluß zu, daß die paläolithische Station plötzlich verlassen und dann nie mehr wieder besiedelt wurde. Als ich diese Feuerstelle zum ersten Male betrat, hatte ich den Eindruck, daß sie sogar fluchtartig verlassen wurde, die Knochen des letzten Mahles lagen noch herum, ebenso die Werkzeuge der Neandertaler. Sie konnten sie in meiner Sammlung bereits sehen, aber was mich besonders nachdenklich stimmte, anscheinend war auch die Großfauna der Höhle plötzlich verschwunden, ich hatte einige Knochen nach der Radiokarbonmethode auf ihr Alter untersuchen lassen, und kein Stück ist jünger als 50.000 Jahre."

„Das stimmt mit unserer Datierung nach dem Isotop des Curium sehr gut überein", fiel Professor Unruh ein.

„Ich hatte bisher keine vernünftige Erklärung dafür. Ein Erdbeben, das jeden Zugang zum Höhlensystem verschüttete, schien mir unwahrscheinlich, auch hätte ich dann auf Skelette der Eingeschlossenen stoßen müssen. Aber ich fand nichts. Es mußte wohl ein außergewöhnliches Ereignis gewesen sein, das das ganze Höhlensystem plötzlich entvölkerte. Erst Ihre Nachforschungen, meine Herren, lassen es fast als Gewißheit erscheinen, was ich kaum zu glauben wagte."

„Was wollen Sie damit sagen?" fragte Professor Unruh.

„Daß die Entvölkerung der Höhle mit Ihren Funden in Zusammenhang stehen muß. Ich habe Ihren Bericht gelesen und gratuliere Ihnen noch im nachhinein zu Ihren sensationellen Erfolgen. Zweifellos fand am Fuß der Felswand ein Kampf mit Neandertalern statt, bei dem eines der Wesen aus dem Weltraum getötet wurde. Drei der Neandertaler fielen bei diesem Zusammenstoß und wurden von ihren Gefährten sogleich ohne Beigaben beerdigt. Aber dann muß etwas geschehen sein, was mit der Entvölkerung der Höhle zusammenhängt. Die Astriten, wie Sie die fremden Wesen genannt haben, und das ist meine Annahme, sind nach einiger Zeit zurückgekommen, vielleicht um ihren verschollenen Gefährten zu suchen, sie haben entweder seine Leiche gefunden oder, was noch wahrscheinlicher ist, nur mehr spärliche Überreste davon, denn die Neandertaler huldigten dem Kannibalismus, die Funde in einer Höhle bei Krapina in Kroatien haben dafür den Beweis geliefert."

„Es dürfte sich aber um eine Art religiösen Kannibalismus gehandelt haben", warf Professor Koenigsfeld ein, „die Primitiven meinten, damit die Kräfte des Verspeisten in sich aufzunehmen. In diesem Fall, da es sich um ein in allem und jedem weit überlegenes Wesen handelte, das noch dazu vom Himmel kam, werden die Überlebenden des Kampfes umso eher bestrebt gewesen sein, die für sie übernatürlichen Kräfte sich einzuverleiben."

„Das ist aber nur ein Detail, das für den Gang der Ereignisse, die sich da vor 50.000 Jahren abgespielt haben, von zweitrangiger Bedeutung ist", setzte Valentin Abel fort. „Um es kurz zu sagen, ich nehme an, daß die Astriten dieses ganze Höhlensystem zwangsweise evakuiert haben und dann die Zugänge gründlich verwischten. Die Höhle ist erst von mir wieder entdeckt worden. Ich habe sicher nicht den ursprünglichen Eingang gefunden, sondern eine Öffnung, die im Laufe der Zeit an einer unzugänglichen Stelle entstanden ist. Ein Zufall hat mich zu dieser folgenschweren Entdeckung geführt, die ich allein aber nicht weiter verfolgen kann. Daher habe ich mich entschlossen, mich Ihnen zur Verfügung zu stellen."

„Haben Sie eine Erklärung für das Curium 245, das wir gefunden haben?" wollte Professor Unruh wissen.

„Vielleicht war es eine Art Markierung, die die Astriten zurückgelassen haben, um bei einer späteren Wiederkehr den Ort zu finden, möglicherweise befand sich am Fuß der Felswand damals ein Eingang in das Höhlensystem, der von ihnen dann zerstört wurde."

„Und aus welchem Grund hätten sie die Absicht gehabt, diesen Ort wieder aufzufinden?" fragte Ross, „hatten sie vielleicht in der Zukunft hier ein Rendezvous vereinbart?"

Valentin Abel schüttelte den Kopf: „Vielleicht waren es wissenschaftliche Gründe, denn ich nehme an, daß die Astriten nur zu Forschungszwecken die Erde besuchten, sie hatten auf unserem Planeten keine Kolonien gegründet, ich vermute, daß die Lebensbedingungen für sie nicht günstig waren, darauf scheint auch die Tatsache hinzudeuten, daß der tote Astrit noch seinen Raumfahrerhelm aufhatte, als er ums Leben kam."
„Ihre Annahme hat viel für sich", stimmte der Prähistoriker zu, „aber ich habe so das Gefühl, daß Sie uns noch nicht alles gezeigt und nicht alles gesagt haben."
Valentin Abel nickte: „Mein Sohn Felix hat Ihnen einen Streich gespielt . . ."
„Jetzt müßte er uns aber das Handgeld zurückgeben", warf Cole Ross ein.
„Einen Augenblick, meine Herren!" sagte Valentin Abel, „er hat eine beachtenswerte Illustration zu Ihren Entdeckungen im Stil der altsteinzeitlichen Höhlenmalereien geliefert. Er hat Ihnen auch den Eingang zur Höhle gezeigt, den er entdeckt hatte und den ich selbst nicht kannte. Damit hat er unsere Zusammenarbeit eingeleitet. Was den Schwindel betrifft, so wird er so etwas bestimmt nicht wieder tun. So, Felix, jetzt entschuldige dich und gib allen der Reihe nach die Hand."
Der Junge sagte seine Entschuldigung und gab Fräulein Dubois, als einziger Dame, zuerst die Hand, dann Dr. Tom Hell, für den er unbewußt Sympathie empfand, und schließlich dann allen anderen. Damit war die Versöhnung besiegelt, und Vater Abel setzte fort:
„Was das Handgeld betrifft, so brauchst du es nicht zurückzugeben, denn wie Professor Koenigsfeld richtig vermutet, habe ich noch nicht alles gesagt und gezeigt. Und das, was ich Ihnen nun zeigen werde, wird das Handgeld reichlich aufwiegen. Kommen Sie, es erwartet Sie eine ganz große Überraschung!" Damit hob Valentin Abel das Gabelfrühstück in der Höhle auf, die Brötchen waren alle aufgegessen. Nach 50.000 Jahren erfüllte wieder lautes Stimmengewirr den Platz, wo einst die Neandertaler gehaust hatten.
„Bitte folgen Sie mir!" Herr Abel setzte sich an die Spitze des Zuges. „Und Sie, Herr Doktor Hell, machen wieder das Schlußlicht!"

6. Kapitel

IN DER HALLE DER GEHEIMNISSE

Valentin Abel führte die kleine Expedition in tiefer gelegene Höhlen. Der Abstieg war nur insofern unbequem, als der Boden immer schlüpfriger wurde, je tiefer sie kamen. Tom Hell und Felix unterstützten den korpulenten Professor Newman bei seinen Bemühungen, das Gleichgewicht zu halten. Mit nachtwandlerischer Sicherheit führte sie Valentin Abel schweigend durch ein Labyrinth von Gängen und Hallen. Wenn sie nicht alle so gespannt gewesen wären, welche Überraschung sie erwartete, wären sie bestimmt an manchen Höhlenwundern stehengeblieben und hätten die Lichter im bewegungslosen Wasser kleiner Sinterbecken spiegeln lassen oder die seltsamen Excentriques betrachtet, die als erstarrtes Gewürm über manchen Wänden hingen.

Endlich weitete sich der Gang zu einer Halle. Valentin Abel blieb stehen und wandte sich zu der kleinen Schar:

„Wir sind am Ziel. Bleiben Sie vorerst hier, ich hole nur eine bessere Beleuchtung!“

Abel schritt gegen das Innere der Halle, deren Umrisse sich im Dunkel verloren, und kehrte bald mit einer starken Lampe zurück, die die ganze Höhle ausleuchtete.

„So, und jetzt werden Sie gleich wissen, weshalb ich diesen Raum Halle der Geheimnisse getauft habe.“

Abel führte die Gruppe zu einer lotrechten Wand im Hintergrund der Halle, es war eine von Natur aus völlig glatte Wand an einer sehr trockenen Stelle der Höhle, sie glich einer riesigen Tafel aus grauem Kalk.

„Und jetzt möchte ich gerne Ihr Urteil hören! Was sagen die Fachleute dazu?“ Valentin Abel richtete den vollen Schein seiner Leuchte gegen die Wand. Aber vorerst blieben alle stumm, nur Mesonyx lief unruhig und schnuppernd umher.

„Anscheinend sind Sie sprachlos, meine Herren!"
Endlich fand Professor Koenigsfeld als erster die Sprache wieder: „Diesmal handelt es sich ohne Zweifel um echte altpaläolithische Felsmalereien!"
„Aber sehen Sie sich doch diese Darstellung hier an, die ist doch viel interessanter als das Gekritzel der Neandertaler!" Ross wies auf eine sehr merkwürdige Darstellung etwa von der Größe einer normalen Zimmerwand.
„Und das haben Sie schon vorgefunden, als Sie zum ersten Male diese Halle betraten?" wollte Professor Unruh von Valentin Abel wissen.
„Gewiß, das war auch der Grund, weshalb ich dieser Halle den Namen gab. So unglaublich auch alles scheinen mag, ich sage Ihnen jedoch, es geht alles mit rechten Dingen zu. Mit absoluter Sicherheit kann ich behaupten, daß seit der Zeit der Neandertaler niemand dieses Höhlensystem betreten hat. Ich bin der erste Mensch, der seither hier eingedrungen ist. Überzeugen Sie sich selbst, gewisse Spuren deuten auf ein hohes Alter hin, eine Verwitterung ist an einzelnen Stellen zu erkennen, auch Versinterungen kommen vor."
„Ja, Herr Abel hat recht", bestätigte jetzt Professor Koenigsfeld, „an der Echtheit der Darstellungen kann kein Zweifel mehr bestehen. Aber auch daran nicht, daß Besuch aus dem Weltraum in dieser Halle war. Niemals hätten Neandertaler eine solche Darstellung hinterlassen können." Koenigsfeld geriet, während er weitersprach, in immer größere Erregung. Alle folgten gebannt seinen Ausführungen und starrten auf die geheimnisvolle Zeichnung, die aber im Grunde genommen eine sehr nüchterne Darstellung war.
„Da, sehen Sie doch, es handelt sich um eine Weltkarte!"
„Und noch dazu in Mercatorprojektion!" bemerkte Unruh.
„Diese Karte ist von unschätzbarem Wert", warf Ross ein, „sehen Sie doch, sie gibt uns zum ersten Male genauen Aufschluß über die Vereisungsverhältnisse während der Würm-Eiszeit. Ganz genau sind die nicht vereisten Teile der Erde in ihren Umrissen zu erkennen. Der ganze Norden Europas ist von Eis bedeckt, wir können den südlichen Rand deutlich verfolgen, und da, das Gebiet der Alpen ist ebenfalls von Eis bedeckt, in Nordafrika liegt über dem Atlasgebirge eine

Gletscherregion, es ist einfach toll, jetzt brauchten wir nur noch eine ganz genaue Datierung, dann wären die Glaziologen im Hinblick auf die Würm-Eiszeit restlos glücklich!"

„Wenn ich mir diese Karte genauer ansehe", sagte Professor Unruh, „dann fällt mir etwas auf. Herr Abel, bitte beleuchten Sie die Wand von der Seite, damit die Zeichnung deutlicher wird, ja, so ist es besser, fällt Ihnen nicht auf, daß unterschiedliche Bodenformationen angedeutet sind?"

„Ich glaube", schaltete sich Tom Hell ein, „daß es sich um eine Darstellung der Vegetationsverhältnisse handelt. Denn im Amazonasgebiet, im zentralen Afrika und in Teilen Südasiens ist eine gleiche Art von Schraffierung. Sie kann nur Urwald bedeuten. Die Sahara und manche gemäßigten Zonen Nord- und Südamerikas sowie Asiens deuten in ihrer gleichen Kennzeichnung auf eine Art Savanne, im Gebiet der Sahara sind deutlich Flüsse dargestellt."

„Also stimmt es, daß die Sahara während der Eiszeit ein weit freundlicheres Bild bot", meinte Fräulein Dubois.

Auf Grund der schmalen, dekorativen Umrahmung des Bildes, die zunächst wie eine Zierleiste aussah, sich dann aber als eine Darstellung der Ekliptik entpuppte, konnte der Zeitpunkt des Besuches mit annähernder Sicherheit datiert werden: 51.450 Jahre vor der Entdeckung durch Professor Unruh und sein Team. Und noch eine weitere Erkenntnis konnte an Hand des Bildes gewonnen werden: Die Astriten hatten der Erde nicht nur diesen einen Besuch abgestattet, sondern waren auch in Afrika, in Nordamerika, in China und in Zentralaustralien gelandet. Kleine Kreuze auf der Karte markierten die Landungspunkte genau. Als Steve Falik diese näher untersuchte und befühlte, rief er: „Halt, da bemerke ich noch etwas. In der Mitte dieser kleinen Kreuze ist ein Punkt, in dem Kreuz, das die Lage unserer Höhle angibt, ist der Punkt etwas größer." Falik nahm sein Taschenmesser und kratzte die Sinterschicht, die ganz dünn war, herunter und drückte mit der Messerspitze auf. Dabei rutschte er mit der Klinge ab und stieß gegen den Punkt.

In diesem Augenblick erstarrten die Menschen beinahe zu Stein.

Aus einem Gang, dem Mesonyx schon vorher besondere Aufmerksamkeit gewidmet hatte, ertönte ein zauberhaftes, überirdisches Klin-

gen. Ein Auf und Ab von Tönen, fremdartig, doch auch für die menschlichen Ohren voller Wohllaut. Regungslos verharrten die Menschen und lauschten. Allmählich wurden die Töne leiser und klangen schließlich aus. Nun war es in der Höhle wieder still, nachdem zuvor die Töne sich in dem großen Hohlraum zu einem mystischen Zauber entfaltet hatten. Steve Falik erholte sich als erster von dem Erstaunen:
„Die Astriten haben nicht nur optische, sondern auch akustische Spuren hinterlassen. Klang nicht nur wie Musik, sondern vielleicht auch wie eine Klangsprache. Schade, daß wir das nicht auf Band aufgenommen haben."
„Drücken Sie noch einmal auf den Knopf!" sagte Professor Unruh zu Tom Hell. Der Erfolg stellte sich prompt ein, nochmals ertönten die Klänge.
Die Forscher hatten die erste Überraschung überwunden, das systematische Denken setzte wieder ein.
„Das ist beinahe ein kosmischer Musikautomat", warf Fräulein Dubois ein und löste mit dieser scherzhaften Bemerkung den Bann.
„Aber mit sehr einseitigem Programm", ergänzte Tom Hell.
„Was mag das alles aber nur bedeuten?" fragte Professor Koenigsfeld.
„Vielleicht kann uns Mesonyx weiterhelfen?" Professor Unruh hielt große Stücke auf das Gefühl des Hundes, dessen Sinne und Fähigkeiten in manchen Dingen die des Menschen weit übertrafen. Mesonyx hatte, während die Töne erklangen, aufmerksam zugehört, aber kein Unbehagen gezeigt. Häufig wissen Hunde menschliche Musik wenig zu schätzen und heulen und winseln dazu. Nicht so Mesonyx bei der „Höhlensymphonie".
„Er benahm sich beinahe so, als ob er verstanden hätte, was durch die Töne ausgedrückt werden sollte", meinte Newman; als sein Herrl mußte er am besten wissen, was in der Seele seines treuen Begleiters vorging.
„Nun, was ist Meso, hat dir die Musik gefallen, so sag es doch, wenn du etwas weißt?"
Meso sah mit geneigtem Kopf zu seinem Herrn auf, zweifellos hatte er verstanden, denn er ging auf den schmalen, steilen Gang zu. Er erwies sich als sehr geschickt im Klettern und kam sogar durch eine

enge Stelle durch, die ein erwachsener Mensch nicht hätte bewältigen können. Nach kurzer Zeit gab sein lautes Bellen die Gewißheit, daß er etwas entdeckt hatte.

„Da kommen wir nicht hinein", stellte Professor Newman fest.

„Sie bestimmt nicht, Herr Kollege", witzelte Professor Unruh, „für Sie müßten wir Donarit anwenden."

„Ich habe einen Vorschlag, meine Herren!" meldete sich Valentin Abel zu Wort. „Wenn der immerhin ziemlich große Hund durchgekommen ist, müßte mein Sohn auch gerade noch durchschlüpfen können. Willst du es probieren, Felix?"

„Ja, selbstverständlich!" sagte der Junge und entledigte sich seiner Oberkleider. Auf die erstaunten Gesichter hin erklärte Vater Abel: „Ja, das machen wir Höhlenforscher immer, wenn wir eine Stelle finden, die gerade noch schliefbar ist. Ohne Kleider können wir mit schlangengleichen Bewegungen oft unwahrscheinlich kleine Profile bezwingen." Felix setzte sich den Helm mit der Lampe auf, die ihm auf dem Weg leuchten sollte. So blieben seine Hände frei.

„Aber rühre nichts an", ermahnte ihn Professor Koenigsfeld, „sag uns nur, was du siehst, sollten wir uns noch verständigen können. Unternimm nichts, ohne uns vorher zu fragen. Verstanden?"

„Ja", sagte Felix, und schon kletterte er den steilen Gang hinauf. Hinter ihm stieg Tom Hell als der Jüngste und Gewandteste den Gang hinan, so weit, bis er nicht mehr weiter konnte. Doch Gemse schob sich in den engen Schluf hinein, die Arme voran, und wand sich vorwärts, bis Tom Hell nur noch seine Fußsohlen sehen konnte. Nach kurzem Schweigen rief er: „Der Gang erweitert sich, ich kann schon auf den Knien kriechen, er wird immer höher, und da sehe ich schon Meso, er scheint etwas zu bewachen. Hören Sie mich, Tom?"

„Ja, ich verstehe dich gut, was bewacht Meso?"

„Es sieht aus wie ein kleiner Fernsehapparat, gleich bin ich dort."

„Fragen Sie Felix, ob Meso Zeichen von Unruhe zeigt", rief Newman zu Tom Hell hinauf. Dieser gab die Frage an den Jungen weiter, der eine beruhigende Antwort gab: „Meso sitzt ganz still neben dem Kästchen, soll ich es mitbringen? Es ist nicht allzugroß, und wenn es da hereingekommen ist, dann muß es auch wieder hinauskommen können."

„Wenn es nicht von der anderen Seite des Ganges hineingebracht wurde“, wandte Tom Hell ein, „aber das ist unwahrscheinlich, da das Ding sicher im Zusammenhang mit der großen Halle steht.“
Die Männer berieten eine Weile und kamen dann zu dem Entschluß, Felix die Erlaubnis zu geben, das Ding herbeizuschaffen.
Felix und Mesonyx kamen wieder zum Vorschein, und der Junge reichte Tom Hell das Kästchen. Nichts Außergewöhnliches hatte sich bei der Bergung ereignet. Nun standen alle staunend rund um den Gegenstand, den Felix auf einen losen Block gelegt hatte. Schweigend betrachteten sie das Ding aus einer anderen Welt, ein Ding, das allem Anschein nach völlig unbeschädigt und funktionsfähig in die Hände der Menschen gefallen war.
„Die Töne kamen ohne Zweifel aus diesem Ding“, stellte Professor Unruh fest, und er deutete auf eine kreisrunde Stelle, die aus einem anderen Material bestand als der übrige Teil des quaderförmigen Kästchens. „Die Töne wurden sicher durch Fernsteuerung ausgelöst. Das Material scheint mir eine Art Kunststoff zu sein, es ist oberflächlich wenig verändert, der Standplatz des Dinges war gut ausgesucht, da es dort nur sehr geringen äußeren Einflüssen ausgesetzt war.“
„Machen wir noch eine Probe aufs Exempel“, schlug Tom Hell vor, „ich werde noch einmal auf den Knopf drücken.“ Gesagt, getan, und tatsächlich erklangen die Töne aus dem Kästchen. Nachdem sie verklungen waren, meinte Professor Unruh: „Zweifellos spielt dieses Ding auch noch andere Stücke.“
„Was sollen wir jetzt unternehmen?“ Professor Newman kratzte sich hinter den Ohren. „Sollen wir es mitnehmen?“
„Ich denke, das wird auch das Vernünftigste sein. Hier können wir ohnehin keine weiteren Untersuchungen anstellen, es wäre nur zu überlegen, ob hier noch andere Überraschungen zu erwarten sind.“ Professor Unruh blickte in die Runde.
Ross drängte zum Aufbruch: „Ich denke, wir untersuchen einmal den Inhalt des Dinges aus einer anderen Welt, hier läuft uns nichts davon, wir können jederzeit wiederkommen.“
„Das wird ein beschwerlicher Rückweg werden“, seufzte Newman.
„Keine Sorge“, beruhigte Valentin Abel, „es geht von hier eben weiter bis zu dem von mir gefundenen Eingang.“

7. Kapitel

GUS NORTOP BERICHTET

Auch über den Fund des Kästchens mußte Tom Hell vorläufig schweigen, sosehr sein journalistisches Gewissen darunter litt. Aber Abmachung blieb Abmachung, und in Ehrensachen nahm er es sehr genau. Professor Unruh hatte alle jene, die an den denkwürdigen Ereignissen teilgenommen hatten — mit einer Ausnahme — in sein Institut eingeladen. Aus Gründen der Geheimhaltung hatte er beschlossen, Herrn Valentin Abel vorerst nicht von den bisher gewonnenen Resultaten in Kenntnis zu setzen.

Professor Unruh hatte das Richtige getan, als er die Untersuchung und Auswertung des „Dinges" seinem genialen Schüler Gus Nortop übertrug. Dieser Physiker hatte nicht nur einen sechsten, sondern vielleicht sogar einen siebenten Sinn, in verwickelte mathematische und physikalische Probleme einzudringen und sie zu lösen.

„Ich habe Sie hierher gebeten", begann Professor Unruh, „um Ihnen durch Herrn Nortop einen vorläufigen Bericht über die Analyse des Kästchens geben zu lassen. Herr Nortop hat mit einigen meiner Assistenten die Aufgabe übernommen, das Geheimnis des Kästchens zu entschleiern. Seine Untersuchungen haben zu unerwarteten Ergebnissen geführt, deren Auswirkungen im Augenblick nur zu ahnen sind. Ich will seinen Ausführungen nicht vorgreifen, aber auch nicht Ihre Erwartung zu sehr auf die Folter spannen, ich sehe an Ihrer Ungeduld — sie ist begreiflich —, daß Sie an den Ausführungen Nortops mehr interessiert sind als an den meinen. Also schießen Sie los, Herr Nortop!"

Der Physiker erhob sich von seinem Sessel und stellte sich vor eine Projektionsleinwand. Dann begann er zu sprechen, nachdem er sich lautstark geräuspert hatte. Gus Nortop war kein begabter Sprecher, seine Ausführungen klangen eher farblos, er machte öfter längere Pausen, doch das, was er sagte, ließ alle Unvollkommenheiten seiner

Rede vergessen. Besonders der Prähistoriker Koenigsfeld und der Paläontologe Newman hingen buchstäblich an seinen Lippen.

„Das ‚Ding' — ich will es der Einfachheit halber in meinen Ausführungen immer so nennen — besteht aus einem Material, das in der Natur nicht vorkommt, ich würde es daher als künstlichen Stoff bezeichnen. Die genaue chemische Analyse steht noch aus, aber eines ist sicher, es scheint für die Ewigkeit geschaffen zu sein, ich meine, es kann selbst unter den härtesten äußeren Bedingungen lange Zeiträume überdauern. Aber das ist vorläufig nicht so wichtig, die Kunststoffchemiker werden noch rechtzeitig davon profitieren. Viel wichtiger war oder ist der Inhalt des ‚Dinges'. Ich möchte vorwegnehmen, dieser Inhalt ist eine Meisterleistung der Miniaturisierung. Da können wir noch manches lernen. Vielleicht erkläre ich vorerst, wie es zur Auslösung des akustischen Signals — ich will die seltsame Musik so nennen, denn ich möchte einer endgültigen Deutung nicht vorgreifen — gekommen ist. Als Dr. Hell auf den besagten Knopf drückte, wurden Gammastrahlen freigesetzt, die von einem außerordentlich empfindlichen Detektor im ‚Ding' registriert wurden, dieser wieder löste das akustische Signal aus. Die Freisetzung der Gammastrahlen ist ebenso einfach wie genial. Ein kleiner Stab aus dem künstlichen Transuran Americium 243, das eine Halbwertzeit von fast 8000 Jahren besitzt — er ist jetzt schon sichtlich abgewertet —, wurde durch den Druck auf den Knopf von einer strahlenabsorbierenden Hülle frei, und der Detektor sprach auf die Strahlen an. Dadurch wurde eine Art Tonband eingeschaltet." Da Gus Nortop eine kurze Pause machte, gab Professor Unruh eine Zwischenerklärung: „Die Gammastrahlung ist eine sehr harte, energiereiche Strahlung von hoher Durchdringungsfähigkeit, ähnlich den Röntgenstrahlen." Dann setzte Nortop fort:

„Aber auch dies ist nur ein im Grunde genommen nebensächliches Detail, viel mehr Kopfzerbrechen machte uns der übrige Inhalt des ‚Dinges'. Er bestand aus einem Band, ähnlich unseren Tonbändern, auf einer Spule aufgerollt, aber aus einem viel dünneren Material. Was sollten wir mit diesem Band beginnen, ohne das zu zerstören, was es als Geheimnis barg. Sicher — das dachten wir alle — mußte es ein für die Deutung der Geschehnisse ungemein wichtiges Dokument sein. Wir stellten uns die Frage, ob die Welt der Mathematik universell ist, ich meine, ob überall, wo Intelligenzen am Werke sind, sie zu einem dem unseren ähnlichen oder gleichen Gebäude der Mathematik und damit auch der Physik gekommen sind. Dann war es logisch, sich weiter die Frage zu stellen, ob eine solche universelle Mathematik und Physik auch zu den unseren ähnlichen technischen Schöpfungen führt. In dem besonderen Fall, ob dieses aufgespulte Band prinzipielle Ähnlichkeit mit unseren Tonbändern hat. Was konnte auf diesem Band, wenn unsere Gedankengänge richtig sind, gespeichert sein? Das fragten wir uns. Was konnte der Informationsgehalt dieses Bandes sein? Da kein Wiedergabegerät vorhanden war, das konnten wir auf Grund einer genauen Untersuchung des ‚Dinges' mit Sicherheit annehmen, mußten wir sehr vorsichtig vorgehen. Wahrscheinlich hielten es die Astriten nicht für notwendig, ein Wiedergabegerät zurückzulassen, in der Annahme, daß die Neandertaler ohnehin damit nichts anzufangen wüßten und die Astriten bei einem neuerlichen Besuch in ihrem Gepäck sicher ein Wiedergabegerät mitführen würden."

„Schade!" warf Ingenieur Bull ein, „das hätte die Sache wesentlich vereinfacht!" Nortop nickte und fuhr fort:

„Wir unterzogen vorerst ein ganz kleines Probestück einer eingehenden Untersuchung und fanden, daß es sich nicht um eine Speicherung von Informationen auf magnetischem Weg handeln konnte. Unser nächster Gedanke war der, eine Speicherung von Informationen zu suchen, die auf dem Binärsystem beruht. Sie erinnern sich, daß in der Frühzeit der Raumfahrt, als unsere Nachbarplaneten mit unbemannten Sonden tastend erforscht wurden, die automatisch aufgenommenen Bilder gleich einem Raster in Punkte mit verschiedenen Helligkeitswerten zerlegt wurden. Bei den Mariner-Sonden zum Mars wurden 64 Helligkeitsstufen im Binärsystem übermittelt, das sich nur der Zahlenwerte Null und Eins bedient. 64 wird im Binärsystem als sechsstellige Zahl — 100000 — ausgedrückt. Null und Eins lassen sich als elektromagnetische Signale leicht übermitteln und in einem Empfangsgerät speichern. Ein Computer verwandelt gleich einem Fernsehempfänger das Nacheinander der im Binärsystem übertragenen Helligkeitswerte zu einem Bild, das damals schon eine erstaunliche Qualität zeigte. Aber eine starke Vergrößerung des untersuchten Probestreifens ließ keine Andeutung von Informationen im Binärsystem erkennen. Überzeugen Sie sich selbst!"

Nortop projizierte ein Lichtbild auf den weißen Schirm.

„Dieses in Wirklichkeit mikroskopisch feine Streifenmuster . . ."

„Erinnert mich an ein Hologramm!" warf Ingenieur Bull erregt ein.

„Es ist auch ein Hologramm", sagte Gus Nortop schlicht. „Genauer gesagt, eine Folge von Hologrammen, sodaß es möglich ist, wie mit Hilfe eines Filmstreifens die gespeicherten Ereignisse wieder erstehen zu lassen. Aber wir können auf die Projektionsleinwand verzichten, denn — wie Sie wissen — entsteht das Hologramm als dreidimensionales Bild im Raum!"

Eine ungeheure Erregung bemächtigte sich der Anwesenden. Ein Stimmengewirr unterbrach die Ausführungen Gus Nortops, der diese Pause dazu benützte, einige Geräte aufzustellen.

Professor Unruh stand auf und versuchte sich Gehör zu verschaffen, was ihm erst nach einiger Zeit gelang:

„Das, was Sie jetzt sehen werden, gleicht einem Wunder. Es werden sich Ereignisse abspielen, vor Ihren Augen wiederholen, die vor 50.000 Jahren stattgefunden haben. Aber nicht so, als ob wir einen entwickelten Film, der vor diesem Zeitraum deponiert wurde, gefunden hätten, den wir nun projizieren, nein, indem wir 50.000 Jahre in die Vergangenheit zurückgehen, machen wir zugleich einen Sprung in die Zukunft der Technik. Daß wir beides erleben dürfen, verdanken wir der genialen Intuition unseres Freundes Nortop. Aber bevor wir mit der Vorführung beginnen, möchte ich für die technisch nicht so geschulten Anwesenden — nur ganz kurz bitte — einige Worte über die Holographie sagen. Wer mehr wissen will, kann in unserer Bibliothek ein Fachbuch zur Hand nehmen. Eine sehr wesentliche Feststellung konnten wir auf alle Fälle jetzt schon machen. Die Kenntnis der Naturgesetze ist überall die Voraussetzung für die Entwicklung einer im Prinzip gleichen Technik. Das ist für uns Physiker eine sehr wichtige Erkenntnis, sie besagt, daß wir den richtigen Weg gegangen sind. Die Feststellung zum Beispiel, daß das Licht eine Wellenbewegung ist, daß die Wellenzüge interferieren können, muß zwangsläufig zu gleichen oder ähnlichen Anwendungen führen, gleichgültig, wie wir das Licht bezeichnen. Wir sprechen von elektromagnetischen Schwingungen, wie die Bewohner des fremden Planeten, die uns die Aufzeichnung der Hologramme hinterlassen haben, das Licht oder die Radiowellen nannten, ist völlig gleichgültig, wichtig ist nur, daß sie ihren naturgesetzlichen Inhalt erkannten, aber damit sind wir schon beim Hologramm."

Professor Unruh machte eine kleine Pause, er dachte darüber nach, wie er mit wenigen Worten das Wesen der Holographie erklären könnte. Dann sagte er:

„Ein Hologramm, also das, was einem fotografischen Negativ entspricht, wird nicht bei natürlichem, sondern bei künstlichem Licht aufgenommen, im Licht von einer Art Laserstrahlen, die alle völlig gleiche Wellenlänge und gleiche Phase haben. Der Laserstrahl wird in zwei Teilstrahlen zerlegt, mit dem einen wird der aufzunehmende Gegenstand beleuchtet, der andere Strahl wird als Referenzstrahl über Spiegel auf die Fotoplatte gelenkt. Die vom Gegenstand reflektierten Wellen des einen Strahles interferieren mit denen des anderen, und es entsteht jenes mikroskopische Streifenmuster, das zwar keine Ähnlichkeit mit dem aufgenommenen Gegenstand hat, diesen aber wieder räumlich entstehen läßt, wenn die Platte mit einem Referenzstrahl wie bei der Aufnahme durchleuchtet wird. Es ist ein virtuelles, dreidimensionales Bild, es mutet ganz geisterhaft an, es unterscheidet sich für das Auge in keiner Hinsicht von dem Gegenstand selbst, sondern gibt diesen in all seinen räumlichen und perspektivischen Eigenschaften wieder."

Professor Unruh sah an den meisten Gesichtern die Anstrengung, mit der seine Zuhörer sich bemühten, seinen Ausführungen zu folgen.

„Für mich haben Sie in einer Fremdsprache gesprochen!" gab Fräulein Dubois ehrlich zu.

„Es ist im Augenblick auch völlig unwichtig, ob jemand das Prinzip der Holographie begriffen hat oder nicht. Mich interessieren nur zwei Punkte", sagte Tom Hell ungeduldig. „Das, was uns die Aufzeichnung aus der Vergangenheit unseres Planeten sagt, und ob ich dann von meinem Recht der Priorität, darüber zu berichten, Gebrauch machen kann."

„Als Journalist mußten Sie diese Frage stellen", beruhigte ihn Professor Unruh, „aber warten Sie erst einmal ab, was wir Ihnen nun zeigen werden, dann werden Sie sich selbst die Antwort auf Punkt zwei Ihrer Frage geben können!"

Inzwischen hatte Gus Nortop mit Hilfe eines Laboranten die Apparaturen aufgestellt, der Raum wurde verdunkelt, und die Vorführung begann. Die Projektionsleinwand war hochgezogen worden, und vor einer dunklen Wand baute sich im Raum zaubergleich ein Geschehen auf, das sich vor 50.000 Jahren vor der Höhle von Ponans abgespielt hatte.

8. Kapitel

VERGANGENHEIT WIRD LEBENDIG

Die Spannung im Raum hätte mit einigen Megavolt ausgedrückt werden können. Lautlos schaltete der Laborant die Apparaturen ein, in diesem Augenblick erstand eine Landschaft, die dem Geologen Ross einen Ausruf des Erstaunens entlockte: „Typische eiszeitliche Steppe mit Hinweisen auf ein Interglazial, also eine mildere Eiszeit!“
Tom Hell konnte eine unziemliche Bemerkung nicht unterdrücken, bei all der feierlichen Stimmung, die diese Szene begleitete: „Sie haben vergessen, den Ton einzuschalten, Herr Nortop, Sie führen uns da einen Stummfilm vor, schade ...“
Aber Nortop war um eine Antwort nicht verlegen: „Doktor Hell, wir hatten in der kurzen Zeit, die uns zur Verfügung stand, nicht Zeit, das Hologramm zu synchronisieren, wir waren froh, daß es uns überhaupt gelang, das Ding zu klären und seinen Informationsinhalt auszuwerten. Den Originalton wiederzugeben hätte übrigens wenig Sinn. Sie würden die Sprache der Astriten ohnehin nicht verstehen!“
Alle schmunzelten, und Tom Hell schwieg.
„Glauben Sie wirklich, daß die Holographie auch in der Sprache der Astriten synchronisiert war. Ich meine, daß auch Ton in der Aufzeichnung mit dabei ist?“ fragte Fräulein Dubois, zu Tom Hell gebeugt. Doch dieser legte den Zeigefinger an seine Lippen und deutete damit an, sie möge schweigen.
Das holographische Bild war ein Schwarzweißbild, also auch in dieser Beziehung rückständig, wie Tom Hell im geheimen feststellte. Aber auch dieses Bild war erstaunlich genug, und als sie eine Weile dem Ablauf gefolgt waren, bekam das Geschehen — war es nur eine psychologische Erscheinung? — Farbe. Ganz leicht Farbe. Das Bild im Hologramm wanderte, als ob der Aufnahmeapparat auf einem Fahrzeug montiert gewesen wäre. Von Lebewesen war in der einförmigen Landschaft nichts zu sehen.

„Schade", murmelte Professor Newman, „ich hätte gern ein Wollhaarnashorn auf der Weide gesehen!" Aber da änderte sich schon das Bild, und die Landschaft nahm einen hügeligen Charakter an. Spärliche Büsche wurden sichtbar, und plötzlich rief Tom Hell aufgeregt: „Das ist doch der Eingang zu dem Tal, in dem sich die Höhle befindet, ich kann es klar erkennen, wenn auch heute durch die Vegetation der Eindruck viel freundlicher ist."

Deutlich wurde ein Überhang sichtbar, ein Abri, von dem ein mäßig großes Höhlenportal ins Innere des Berges führte.

„Da haben wir den jetzt verschütteten Eingang", kommentierte der Geologe Ross, „damals lag das Niveau viel tiefer, der Platz war eine ideale Lagerstelle für Neandertaler!"

„Da — da kommen sie!" schrie Professor Koenigsfeld in höchster Erregung, „die Neandertaler!"

Tatsächlich erschien eine Gestalt im Höhlenportal, dann noch eine, schließlich eine dritte. Das Aufnahmegerät kam näher, die Gestalten wurden immer deutlicher und größer.

„Sie haben eine Haartracht wie Hippies!" flüsterte Fräulein Dubois Tom Hell zu. Dieser lachte laut auf:

„Frauen fällt immer gleich die Mode auf! Sie sehen aber, mein Fräulein, auch in der Haarmode der Männer ist alles schon einmal dagewesen!"

„Eigentlich habe ich mir die Neandertaler etwas anders vorgestellt, nicht so kultiviert!" bemerkte Professor Koenigsfeld. „Sehen Sie, ihre Kleidung zeugt von einer gewissen Kunstfertigkeit, es sind nicht einfach umgehängte Felle, sondern aus Fellen richtige geschneiderte Hosen und Röcke!"

„Schade, daß es nur Männer sind, ich hätte gerne die damalige Mode der Damen gesehen!" Diese Bemerkung Tom Hells rief schallendes Gelächter hervor, das jedoch nicht zu der Szene paßte, die sich nun abspielte.

Die Neandertaler hatten etwas bemerkt, was ihre Aufmerksamkeit in höchstem Grade erweckte — sie mußten die Fremdlinge erspäht haben. Blitzartig verschwanden sie in der Höhle und kamen bald darauf wieder zum Vorschein, diesmal aber mit Speeren und Steinäxten bewaffnet. Aus ihren Mundbewegungen war zu ersehen, daß sie sich erregt unterhielten. Sie kamen langsam und vorsichtig näher. Anscheinend waren sich die Neandertaler nicht klar darüber, wem sie gegenüberstanden, einer fremdartigen Jagdbeute oder einer anderen Horde, die sich zu einem besonderen Jagdzauber verkleidet hatte. Offensichtlich neigten die Neandertaler zur letzteren Auffassung, und das konnte für die fremden Raumfahrer nichts Gutes bedeuten.

Die drei Neandertaler schienen die Wächter zu sein, die den Eingang in die Höhle gegen Eindringlinge, die großen Raubkatzen, den Säbelzahntiger (Machairodus) zum Beispiel, oder gegen feindliche Horden zu verteidigen hatten.

„Sie kommen!" schrie plötzlich Steve Falik erregt, „ein fremder Astronaut!"

Tatsächlich hielt das Aufnahmegerät eine sehr seltsame Szene fest, die sich jetzt, 50.000 Jahre später, wenn auch stumm, so doch plastisch wiederholte. Tatsächlich näherte sich der Astronaut langsam den Neandertalern.

„Er trägt gar keinen kompletten Raumanzug", stellte Ingenieur Bull fest, „nur einen soliden, anscheinend luftdicht abschließenden Helm. Sonst steckt er in einer Art Overall. Sehen Sie, wie er sich schwerfällig bewegt, die etwas kurzen Arme hat er erhoben, anscheinend ist die Geste friedfertiger Absichten in Raum und Zeit universell. Die kurzen Beine tragen eine schwere Last, sicher kommen die Leute ..."

„Kamen!" unterbrach und verbesserte ihn Steve Falik.

„Also gut, kamen sie von einem Planeten mit geringerer Schwere und dünnerer Atmosphäre, ich wette, daß es ein Helm mit Unterdruck ist, so als wollten wir in die Venusatmosphäre eintauchen."

„Wärmebedürftig scheinen sie auch zu sein, denn sie sind schwarz angezogen", stellte Professor Unruh fest.

Als sich der fremde Astronaut langsam den Neandertalern näherte, standen diese wie erstarrt in abwartender Haltung. Sie schienen unschlüssig zu sein, doch das Mißtrauen behielt die Oberhand. Plötzlich stieß einer von ihnen, der größte, einen Schrei aus — deutlich war dies an seiner Mundbewegung zu erkennen — und schleuderte blitzschnell seinen Speer auf den Astronauten. Mit unheimlicher Zielsicherheit traf die Waffe den Überraschten in die Brust, der langsam rücklings umfiel. Die beiden anderen sprangen mit erhobenen Speeren vor, auch der Anführer, der seinen Speer geworfen hatte und nun ein Kriegsbeil schwang, folgte ihnen, sodaß die Männer im Vorführungsraum sich unwillkürlich duckten und Fräulein Dubois einen Schrei ausstieß.

Tom Hell legte seine Hand beruhigend auf die ihre und flüsterte ihr zu: „Ist schon längst alles vorüber, aber ich war im ersten Augenblick selbst erschrocken!“ Während er dies sagte, fielen die drei Neandertaler wie vom Blitz getroffen vornüber und rührten sich nicht mehr.

„Das war eine böse Antwort“, meinte Ingenieur Bull, „der arme Kerl von einer anderen Welt tut mir aber leid, anscheinend kam er mit guten Absichten . . .“

„Woher wollen Sie das wissen?“ unterbrach ihn die Psychologin, „nach mancher friedfertigen Einleitung kam dann das dicke Ende!“

„Fräulein Dubois kann durchaus recht haben“, stimmte Tom Hell bei.

„Die ganze Sache wurde von beiden Seiten falsch angepackt!“ meinte Steve Falik.

„Wobei die Astriten für meinen Teil den größeren Fehler begangen haben“, ergänzte Fräulein Dubois, „denn von Neandertalern war schließlich kein Hofzeremoniell zu erwarten.“

„Wir wissen von der geistigen und seelischen Verfassung der Neandertaler so gut wie nichts, vielleicht haben sie in einer Art hellseherischem Instinkt etwas gespürt, was sie zu dieser Handlungsweise veranlaßt hat“, versuchte der Prähistoriker Koenigsfeld die Reaktion der Neandertaler zu erklären.

„Da, sehen Sie“, kommentierte Tom Hell, „jetzt kommen andere fremde Astronauten. Schade, daß wir ihr Raumschiff nicht sehen können, das wäre vielleicht etwas für Freund Bull, den Chefkonstrukteur der Raumflugbehörde. Jetzt nehmen sie dem vom Speer Getroffenen den Helm ab. Leider ist das Gesicht abgewendet. Sie scheinen festzustellen, daß er nicht mehr lebt, sie ziehen dem Toten den Speer aus dem Körper . . .“

„Achtung!“ schrie Professor Unruh, als wäre er selbst in die Situation verwickelt, so gegenwartsnah und lebendig erschien die Szene, „da kommt der Gegenschlag!“

„Eine ganze Horde!“ schrie Fräulein Dubois. Tom Hell sprang auf und stellte sich schützend vor sie. Steve Falik lachte: „Aber, aber,

die Dame ist ganz und gar nicht in Gefahr, eher sind es die Astriten, wenn sie nicht gleich von ihren Superwaffen Gebrauch machen!"
„Sie scheinen es aber nicht zu tun, im Gegenteil, sie fliehen!" bemerkte Professor Koenigsfeld.
„Ich würde es eher als einen geordneten Rückzug bezeichnen", meinte Tom Hell, der wieder sein Gleichgewicht gefunden hatte. „Die Astriten halten sich außerhalb der Reichweite der Waffen der Neandertaler und tragen den Toten fort. Es scheint dies nur ein Vortrupp gewesen zu sein, der Haupttrupp dürfte sich im oder beim Raumschiff aufhalten. Da, ein wichtiges Detail; den Helm haben sie zurückgelassen."
In diesem Moment begann das Bild zu zerfließen und sich in nichts aufzulösen.
„Meine Herren", ließ sich die Stimme von Gus Nortop, der die Wiedergabeapparatur bediente, hören, „das war der erste Akt der Präsentation, die Dokumentation ist noch nicht zu Ende, aber ich möchte gerne eine kurze Pause einschalten, um Ihnen Gelegenheit zu geben, sich wieder zu sammeln und das Gesehene zu überdenken. Was noch folgen wird, ist im wahrsten Sinne folgenschwer."
Das Licht war wieder aufgeflammt, und die im Vorführungsraum Anwesenden hatten Mühe, in die Gegenwart zurückzufinden. Als erster hatte sich Professor Unruh gefaßt: „Erinnern Sie sich", fragte er zu Tom Hell gewendet, „an den Artikel, der Sie zum Generalreporter werden ließ?"
„Gewiß", Tom Hell nickte.
„Dann müssen Sie doch Genugtuung empfinden, daß Sie einiges — allerdings mit Hilfe der hier Anwesenden — richtig gedeutet haben. Ich meine von den Funden, die wir im Tal bei Ponans gemacht haben. Sie vermuteten einen Speerwurf, das traf tatsächlich zu, allerdings ist der fremde Raumfahrer seines Helmes nicht beraubt worden, der Helm ist nur zurückgeblieben. Die organischen Substanzen an der Innenseite des Helmes können tatsächlich nur von einem Blutaustritt infolge des Speerwurfes herrühren, leider haben wir das in der Dokumentation nicht direkt sehen können, da wir nie das volle Gesicht des Toten ins Bild bekamen. Von den drei Neandertalern bekam einer einen Kopfschuß, die anderen beiden erhielten

Treffer im Körper, diese Vermutung kann aufrechtbleiben, und daß die drei dann — wenn auch nur flüchtig — bestattet wurden, erklärt sich zwanglos durch den Rückzug der Astriten. Die Überlebenden mieden dann diesen unheimlichen Ort. Über den Fund des Curiums 245 gab uns die Dokumentation keinen Hinweis, aber ich vermute, daß die Astriten diesen Ort später nochmals besuchten und — vielleicht aus Pietätsgründen — markierten."

„Sie vermuten, daß Sie so etwas Ähnliches taten wie wir, wenn an einer Stelle, wo jemand eines unerwarteten Todes starb, ein Erinnerungsmal errichtet wird", meinte Fräulein Dubois. „Vielleicht ist das auch eine universelle Geste, nur die Formen sind verschieden. Wir setzen einen Stein oder, wie wir es in den Museen noch sehen können, vor langer Zeit wurde Verunglückten ein sogenanntes Marterl gesetzt, mit einer primitiven Darstellung des verhängnisvollen Ereignisses!"

„Ja, das meine ich", stimmte Professor Unruh zu, „es wäre ohneweiters denkbar, daß die Astriten, technisch und wissenschaftlich weit vorgeschritten, einfach Curium 245 als ‚Marterl', wie Sie sagten, verwendeten."

„Ich halte dieses Moment für nicht sehr wichtig", meldete sich Tom Hell zu Wort, „viel bedeutsamer scheint mir die Frage, weshalb die Astriten beim Ansturm der Horde, die anscheinend gerade von einem Jagdzug zurückkam, von ihren Waffen nicht Gebrauch machten. Es müßte ihnen doch leicht möglich gewesen sein, die Anstürmenden in Sekundenschnelle ins Jenseits zu befördern und damit jede Gefahr zu bannen."

„Vielleicht hatten die Astriten, wie ich schon andeutete, doch nicht so ganz lautere Absichten, vielleicht hatten sie mit den Neandertalern etwas vor, wozu sie unsere Vorfahren" — bei diesem Wort räusperte sich Professor Koenigsfeld ostentativ —, „wozu sie unsere Vorfahren lebend brauchten."

Professor Unruh nickte zustimmend. „A propos, weshalb haben Sie einen Räusperer von sich gegeben, Herr Kollege?"

„Weil wir nicht direkt von den Neandertalern abstammen, die Neandertaler waren ein Seitenzweig, unsere Vorfahren im Sinne des Homo sapiens waren die Cro-Magnon-Leute . . ."

„Na schön", unterbrach Tom Hell den Redefluß des Prähistorikers, „wir wissen Ihre Bedenken zu schätzen, mir persönlich ist es gleich, ob ich als Urgroßmutter zur xten Potenz eine Neandertalerin oder eine Cro-Magnon-Dame habe. Vielleicht hat es auch hübsche und gescheite Neandertalerinnen gegeben. Aber Scherz beiseite, wer sagt Ihnen, Herr Professor, daß es nicht besser gewesen wäre, wenn wir alle von den Neandertalern direkt abstammten anstatt von den Cro-Magnon-Menschen?"

„Das ist eine müßige Frage", erwiderte der Prähistoriker, „ob dann die Welt besser oder schlechter wäre, wir müssen uns mit der Tatsache abfinden, daß die Neandertaler ausgestorben sind. Wie die Welt geworden wäre, wenn sie überlebt hätten, das läßt sich nicht einmal vermuten."

„Sie verlieren sich in müßigen Spekulationen, meine Herren!" Gus Nortop griff in die Debatte ein, „lassen wir lieber die Tatsachen sprechen. Sie werden sehen, daß es vielleicht doch möglich ist, auf Fragen, die als unbeantwortbar galten, eine Antwort zu finden. Wollen wir nicht die Pause in der Dokumentation beenden, denn jetzt kommen erst die spannenden Akte, was Sie bisher sahen, war nur ein sogar teilweise bekanntes Vorspiel."

9. Kapitel

20 UHR WELTZEIT: DR. TOM HELL SPRICHT ÜBER ALLE SENDER DER UNIVERSOVISION

Professor Unruh und die übrigen Mitglieder des wissenschaftlichen Teams, dem diese wahrhaft weltbewegende Entdeckung gelungen war, hatten Tom Hell ermächtigt, den bisherigen Stand der Untersuchungen über den „Besuch aus dem Weltall" der gesamten Weltöffentlichkeit bekanntzugeben. Bisher hatten sie es aus verständlichen Gründen vermieden, der sensationslüsternen Presse Teilergebnisse mitzuteilen. Die Sendung wurde über alle Stationen der „Universovision" in Farbe ausgestrahlt. Längst war die Welt über regionale Sendebereiche, wie den der historisch gewordenen „Eurovision", hinaus.

Das Sendenetz der „Universovision" beschränkte sich nicht auf den Planeten Erde. Sein Programm konnte sowohl in dem verborgensten Winkel unseres Planeten über die Relaisstationen im Weltraum empfangen werden als auch auf allen Außenposten im Weltraum: auf den bemannten Außenstationen, die um die Erde kreisten, den wissenschaftlichen Stationen auf der Vorder- und der Rückseite des Mondes, den Außenstationen, die um die Venus kreisten, und den Versuchskolonien auf dem Mars.

Die Mitteilungen, die Tom Hell den Menschen zu machen im Begriff war, sollten auch durch entsprechende Bilddokumentationen unterstützt werden. Das gesprochene Wort wurde simultan in alle Weltsprachen übersetzt, obwohl dies im Grunde genommen gar nicht notwendig gewesen wäre, da jeder neben seiner Muttersprache die Universumsprache beherrschte, allerdings mehr oder weniger fließend. Aus der Darstellung Tom Hells sei jener Teil auszugsweise wiedergegeben, der an die im Institut Professor Unruhs bereits vorgeführten Ereignisse anknüpft. Tom Hell, nicht nur ein glänzender Journa-

list, sondern auch ein blendender Sprecher, hielt die gesamte Menschheit im Bann.
„... So endete also die erste Begegnung zwischen unseren Vorfahren und den Astriten mit einem bedauerlichen, tragischen Mißverständnis. Die weiteren Dokumentationen und ihre Entschlüsselung zeigten andere Schauplätze. Besonders der nächste — und ich möchte sagen, dies war eine Schlüsselinformation — führte in eine durchaus nicht eiszeitliche Gegend, sondern in eine tropische Landschaft, in eine mit üppiger Vegetation bedeckte weite Mulde, die von hohen Gebirgen mit kahlen Gipfeln umrahmt wurde. Antilopen grasten friedlich und gingen an einen Fluß zur Tränke. Die Astriten wollten anscheinend die sie möglicherweise sehr fremdartig anmutende Landschaft auf dem Film festhalten und haben uns freundlicherweise eine Kopie hinterlassen. Weitere Szenen zeigen Löwen, Giraffen, Elefanten, Nashörner, Büffel und Krokodile. Professor Koenigsfeld schloß mit einer an Gewißheit grenzenden Wahrscheinlichkeit auf das Hoggarmassiv in Afrika, das in der Höhle von Ponans neben anderen Landeplätzen der Astriten eingezeichnet war.
Vor 50.000 Jahren, als in Mitteleuropa große Teile mit Eis bedeckt waren, gab es in der Sahara eine Regenzeit, die heute trockenen Flußbette führten reichlich Wasser, und das fruchtbare Land bot einer artenreichen Tierwelt günstige Lebensbedingungen. Da durfte selbstverständlich der Mensch nicht fehlen. Da haben wir sie schon, eine ganze Horde auf einem Lagerplatz. Im Gegensatz zu den Neandertalern im frostigen Europa tragen sie nur einen Lendenschurz, sind aber reichlich mit Schmuck behangen. Besonders die Frauen, die auch kunstvolle Frisuren tragen. Lagerfeuer rauchen und Fleischstücke braten. In diesem Klima mußten die Menschen, selbst in der Eiszeit, nicht in Höhlen Schutz suchen, die wehrfähigen Männer der Horde und das Feuer boten genügend Schutz gegen beutelüsterne Tiere.
Und da geschah das Unerwartete, das uns alle zutiefst überraschte, als wir es miterlebten, trotz des zeitlichen Abgrunds, der dazwischenliegt. Die Neandertaler — wir wollen sie auch in dieser Gegend so nennen — blickten plötzlich erstaunt und erschrocken in die Höhe, sie hatten etwas Ungewöhnliches entdeckt, ein helles Licht übergoß das Lager. Die Lichtquelle können wir leider nicht sehen, sie kam

nicht ins Bild. Die Neandertaler warfen sich alle zu Boden, sie sahen darin wohl eine überirdische Erscheinung — übrigens ein Beweis dafür, daß die Menschen damals bereits religiöse Vorstellungen hatten. Mit der Erscheinung des Lichtes muß aber noch ein anderer Effekt verbunden gewesen sein. Da das Bild jedoch nur optische Eindrücke vermittelt, sind wir auf Vermutungen angewiesen, wir glauben jedoch nicht weit fehlzugehen, wenn wir an ein betäubendes Mittel denken, sei es ein Gas oder eine Strahlung, denn die Neandertaler blieben regungslos liegen, auch dann, als ein merkwürdiges Ungetüm herankam. Er erinnert uns an die ersten ‚Mondautos' in den Anfängen der Raumfahrt, nur war das Gefährt geschlossen und mit Greifarmen ausgerüstet. Das geräumige Gefährt bewegte sich auf die Horde zu, und die Greifarme hoben einen Neandertaler nach dem anderen auf, und sie verschwanden im Inneren. Nicht ein einziges menschliches Lebewesen blieb zurück, Männer, Frauen und Kinder wurden eingesammelt. Dann blieb das Lager verlassen da, nur die Feuer rauchten noch und der Wind bewegte die aus Blättern geflochtenen Regendächer.

Wir standen vorerst vor einem Rätsel, was diese Szene bedeuten sollte, bis uns im weiteren Verlauf der Präsentation der Astriten eine Erkenntnis dämmerte.

Die ‚Sammelszenen' mit dem merkwürdigen Gefährt wiederholten sich an anderen Schauplätzen. Die Astriten kamen nochmals zu dem Tal bei Ponans zurück, und auch dort fingen sie die Neandertaler ein. Aber nicht nur Menschen, sondern auch viele der großen Säuger der eiszeitlichen Fauna verschwanden der Reihe nach in einer Art regungslosem Trancezustand im Innern der fahrbaren Sammler. Die Astriten bekamen wir dabei nicht zu Gesicht, wie wir überhaupt feststellen mußten, daß sie offenbar keinen Wert darauf legten, mehr als unbedingt ins Bild zu kommen.

Schon in diesem Stadium vermuteten wir, daß die Astriten an den verschiedenen Stellen unseres Planeten — in Europa, Nordamerika, China und Zentralaustralien — Spezies der Tier- und Pflanzenwelt der Erde einsammelten. Taten sie es nur aus wissenschaftlichem Interesse? Vorerst dachten wir an eine Parallele mit irdischen Gepflogenheiten, wenn Forscher aus neuentdeckten Gebieten Eingeborene mit-

nahmen und Proben der Tier- und Pflanzenwelt sammelten. Dann kamen uns jedoch Zweifel, wie wir im weiteren Verlauf dieser Sendung noch hören und sehen werden."

Dr. Tom Hell machte eine kurze Pause. Mit einigen Minuten Verzögerung kamen seine Worte an den Außenposten der menschlichen Stützpunkte im Sonnensystem an. Tom Hells Bericht wurde life ausgestrahlt:

„Wir — ich meine das Team aus jenen Vertretern der Wissenschaft, die mit den Ereignissen mehr oder weniger durch Zufall befaßt wurden — haben in langen Debatten und Diskussionen die Schlußfolgerungen zu ziehen versucht. Und wir sind zu folgenden Ergebnissen gekommen: Wir hätten über alles auch Schweigen bewahren können, aber wir haben es als unsere Pflicht erachtet, die gesamte Menschheit von Tatsachen in Kenntnis zu setzen, die nicht nur von wissenschaftlicher Bedeutung sind."

Bisher hatte Tom Hell wohl lebendig und eindringlich gesprochen, aber jetzt steigerte er sich in eine leidenschaftliche Rede.

„Wir sind einer ungeheuerlichen Tatsache auf die Spur gekommen. Die Menschheit ist mit einem Male mit der Erkenntnis konfrontiert worden, daß unsere Erde — und vielleicht auch der eine oder andere Planet unseres Sonnensystems — vor 50.000 Jahren von fremden Intelligenzen besucht wurde. Zum ersten Male haben wir über dieses Problem, das uns seit Beginn des Raumfahrtzeitalters immer wieder bewegt hat, Gewißheit bekommen. Alle früheren Versuche, aus geheimnisvollen Felszeichnungen, Plastiken, Überlieferungen auf den Besuch außerirdischer Intelligenzen zu schließen, sind müßige Spekulationen geblieben, die jeder wissenschaftlichen Grundlage entbehrten. Sogar die Bibel wurde bemüht, Engel sollen Astronauten von einem anderen Stern gewesen sein, nein, mit dieser und allen anderen Spekulationen ist es vorbei. Die Raumfahrer, die unsere Erde besuchten, waren keineswegs Engel, aber ebenso sicher ist es, daß sie auch keine Teufel waren, es gibt noch etwas, was dazwischen liegt, etwas Menschenähnliches! Die Astriten, das konnten wir auf Grund der zurückgelassenen Dokumentationen feststellen, begnügten sich nicht damit, nur — wenn ich es so nennen darf — einzelne Musterexemplare von Menschen und Tieren und wohl auch von Pflanzen mitzunehmen.

Nach unseren Schätzungen wurden einige hundert Neandertaler ‚eingesammelt' und fortgebracht.
Wir stellten uns die Frage, welchen Zweck dieses ‚Einsammeln' haben konnte. Von Steve Falik, dem Zukunftsforscher im Team, fiel das Wort ‚Umsiedlung'. An eine wahre Umsiedlung wollten wir aber auch wieder nicht glauben, doch schien dieses Wort doch irgendwie in eine richtige Linie zu weisen. Schließlich kam Steve Falik auf eine Deutung, die wir alle sehr wahrscheinlich finden. Als Zukunftsforscher versuchte er sich in die Gedankengänge einer weit fortgeschrittenen Intelligenz hineinzuleben. Was ist für uns das Unerforschteste, das Geheimnisvollste allen biologischen Fortschritten zum Trotz? Das Leben! Könnten die fremden Besucher, die Astriten, nicht ein groß angelegtes, überdimensionales, in kosmische Dimensionen ausgeweitetes Experiment eingeleitet haben? Wir sind sogar fest davon überzeugt. Sie haben an sich intelligente Lebewesen, die aber noch auf einer äußerst primitiven Stufe der Zivilisation standen — wie sie sich bei ihrer Landung überzeugen konnten —, zu einem Versuch ausersehen. Sie haben einige hundert Männer, Frauen und Kinder, zusammen mit einer Auswahl der irdischen Tier- und Pflanzenwelt, in ihrem Raumschiff oder ihren Raumschiffen mitgenommen. Wir haben die Raumschiffe leider auf keinem Bild der Dokumentation gesehen. Vor 50.000 Jahren ist also eine Gruppe Neandertaler aus ihrem angestammten Lebensraum entfernt und von unserem Planeten fortgebracht worden. Sie werden jetzt fragen, ob wir einen Anhaltspunkt dafür haben, wohin sie entführt wurden.
Auf einen anderen Planeten unseres Sonnensystems können sie nicht gebracht worden sein, da kein einziger dafür in Betracht käme, auch sind nirgends Spuren gefunden worden. Wir müssen also die Endstation der Neandertaler außerhalb unseres Planetensystems suchen. Aber wo?
Hätten uns die Astriten nicht einen Hinweis hinterlassen, dann wäre es aussichtslos gewesen, danach zu suchen. So aber können wir fast mit Sicherheit sagen, wohin sie gebracht wurden. Ich möchte in diesem allgemein gehaltenen und gemeinverständlichen Bericht nicht auf jene Einzelheiten eingehen, die nur für einen Astronomen verständlich wären. Um es kurz zu sagen, das Ziel der Reise war ein Planet

eines Fixsternes, der sich in nicht allzugroßer Entfernung von der Erde befindet. Sozusagen in unserer Reichweite.

Jetzt hat die interstellare Raumfahrt, an deren Beginn wir stehen, der Flug zu anderen Fixsternwelten, ein festes Ziel, ein Ziel, das in keiner nebelhaften Ferne schwebt, sondern mit unserer Vergangenheit eng verknüpft ist.

Noch ein Aspekt ist zu beachten. Eine Überlegung von ungeheurer Tragweite. Wenn die Astriten, zweifellos eine hochentwickelte Intelligenz, ein solches Experiment begonnen haben, dann werden sie es — möglicherweise über Jahrzehntausende hinaus — fortsetzen. Überlegen wir, was wir Menschen in einem solchen Fall tun würden? Eine ungestörte Entwicklung unserer Kultur und unserer Wissenschaft vorausgesetzt, würden wir nicht vergleichen wollen, wie sich die auf der Erde Zurückgebliebenen gegenüber den anderen entwickelt haben? Das führt zu dem Schluß, daß wir mit der Möglichkeit eines weiteren Besuches der Astriten rechnen müssen. Und diese Möglichkeit kann stündlich eintreten. Nachdenklich stimmt allerdings die an Gewißheit grenzende Vermutung, daß die Astriten bisher ihren Besuch auf der Erde nicht wiederholt haben. Merkwürdig ist es auch, daß sie nur die Aufzeichnung der wichtigsten Szenen ihres ersten Auftretens auf unserem Planeten zurückgelassen haben. Wahrscheinlich hatten sie die Aufzeichnung nur für ihre eigenen Nachfahren zurückgelassen und den Gedanken als absurd gefunden, die Nachfahren der auf der Erde verbliebenen Neandertaler könnten jemals diese Aufzeichnungen auswerten.

Wenn ich behauptete, wir können stündlich mit einem Besuch aus dem Weltraum rechnen, dann will ich damit sagen, daß wir Vorkehrungen für einen Empfang treffen müssen, wobei noch nicht feststeht, wie sich dieser Empfang gestalten soll. Dies hinge nicht von uns Menschen allein ab.

Damit bin ich am Ende meiner Ausführungen. Vor 50.000 Jahren schlug eine denkwürdige Stunde, die Erde bekam Besuch fremder, außerirdischer Intelligenzen, heute vollzieht sich ein ebenso denkwürdiges Ereignis, die Menschheit ist sich endlich bewußt geworden, nicht allein im Weltall zu sein. Wo unsere kosmischen Mitbürger sind, wissen wir noch nicht, aber wir werden sie suchen!"

10. Kapitel

WODESPAD BERÄT

Im Direktionsgebäude der World Deep Space Administration (WODESPAD) in Cocoa Rockledge, Florida, fand eine entscheidende Sitzung statt. Unter dem Vorsitz des Direktors der WODESPAD, Doktor Homer N. Pickering, sollte die Entscheidung getroffen werden, welches Ziel das erste interstellare Raumschiff ansteuern sollte. An dieser Sitzung nahmen auch die Professoren Unruh, Koenigsfeld und Maurer sowie Gus Nortop, Steve Falik und Tom Hell teil. Die Beratung fand hinter verschlossenen Türen statt. Das kastenförmige Direktionsgebäude war eine Welt für sich. Fenster gab es in diesem Komplex keine, alle Räume waren vollklimatisiert, Tag und Nacht, Sommer und Winter herrschten die gleiche Temperatur, das gleiche Licht, die gleiche Luftfeuchtigkeit und der gleiche Geruch, der an etwas Synthetisches erinnerte.

Selbstverständlich wurde jedes Wort, das in dieser denkwürdigen Sitzung gesprochen wurde, aufgezeichnet.

„Wir werden mit jeder unserer Äußerungen in die Geschichte eingehen", flüsterte Steve Falik zu Tom Hell, „seien Sie also vorsichtig!"

Der Journalist lachte. „Ich werde mich bemühen, vor den kommenden Historikern Gnade zu finden."

Schon gab der Vorsitzende, Doktor Pickering, ein altmodisches Glokkenzeichen, was den Beginn der Sitzung bedeutete.

„Meine Herren, ich begrüße Sie im Namen der WODESPAD sehr herzlich, besonders freut es mich, daß jene Herren unter uns sind, die maßgebend an jener großartigen Entdeckung mitwirkten, die für die Tagesordnung unserer heutigen Sitzung richtunggebend war. Um gleich zur Sache zu kommen. Sie sind, Professor Maurer, also ganz sicher, daß die von den Astriten mitgenommenen Neandertaler im engeren Bereich unserer stellaren Umgebung angesiedelt wurden?"

„Ja, dessen bin ich ganz sicher. Die Astriten hinterließen Aufzeichnungen, deren Deutung keine Zweifel offenläßt. Es war zwar nicht ganz einfach, die Methoden einer anderen Intelligenz zu durchschauen, aber mit Hilfe unserer Computer und Gus Nortops, der sich auch als Programmierer bewährte, konnten wir das erste Ziel, das die Astriten nach der Landung auf der Erde ansteuerten, ermitteln."

„Es handelt sich also um Barnards Stern", warf Pickering ein. „Wie begründen Sie aber Ihre Vermutung, daß die Neandertaler dort angesiedelt wurden — oder wie Sie die Sache nennen wollen?"

„Ich verstehe, daß Sie die Entscheidung, welches Ziel das erste interstellare Raumschiff ansteuern soll, auf handfeste Argumente stützen wollen", griff Steve Falik in die Debatte ein. „Die Vermutung wäre berechtigt, daß die Astriten Barnards Stern nur als Zwischenstation benützten und dann nach ihrem Heimatplaneten weiterreisten. Aber das glaube ich nicht recht. Ich nehme nicht an, daß die Astriten die Neandertaler in ihr heimatliches Sonnensystem mitnahmen, vielmehr, daß sie mit ihnen ein großartiges biologisches Experiment vorhatten, wozu sich ein Planet von Barnards Stern direkt anbietet. Im übrigen sind wir im Begriffe, die Aufzeichnungen der Astriten, die wir bisher nur optisch entschlüsseln konnten, nun auch auf ihren akustischen Inhalt zu prüfen. Gus Nortop ist sehr zuversichtlich, auch die Sprache der Astriten für uns Menschen hörbar zu machen und sie zu deuten."

„Sehr interessant", sagte Leonid Semjonow, der stellvertretende Direktor der WODESPAD, und strich seinen Bart, „aber wollen wir solange warten, bis ein Ergebnis vorliegt? Ich schließe mich der Meinung Steve Faliks an, daß unser interstellares Raumschiff im System von Barnards Stern nach den Nachkommen der Neandertaler forschen soll."

„Wenn sie überhaupt noch vorhanden sind", warf Tom Hell ein, „denn wer kann wissen, was in 50.000 Jahren alles geschehen ist. Sie können mittlerweile schon ausgestorben sein, oder das Experiment ist von allem Anfang gescheitert."

„Meine Herren", Professor Maurer ergriff wieder das Wort, „Barnards Stern ist auf alle Fälle das sinnvollste Ziel für das erste interstellare Raumschiff. Wüßten Sie, Doktor Pickering, ein besseres? In unserer näheren kosmischen Umgebung, sagen wir im Umkreis von hundert Lichtjahren, dürfte sich keine außerirdische Intelligenz entwickelt haben, sonst hätten wir sicher öfter von draußen Besuch bekommen. Ich vermute, daß die Astriten von sehr weit hergekommen sind, vielleicht aus fernen Regionen unseres Milchstraßensystems, und daß sie unterwegs, in der Nähe der Erde, unsere Neandertaler abgesetzt haben."

„Das klingt sehr einleuchtend", gab Doktor Pickering zu, „aber mit einem begonnenen Experiment ist nicht alles getan. Jedes Experiment, wenn es sinnvoll sein soll, muß doch kontrolliert werden, und das setzte voraus, daß die Astriten im Laufe der Zeit zu Barnards Stern zumindest einmal zurückgekehrt sind. Da hätten sie doch auch unsere Erde einen Besuch abgestattet, um zu sehen, wie es bei uns weitergegangen ist."

„Diese Schlußfolgerung ist sehr logisch", stimmte ihm Leonid Semjonow zu, „vielleicht sind sie tatsächlich sogar mehrmals zu Barnards Stern zurückgekommen, weshalb sie dabei keinen Abstecher zur Erde machten, das können wir nicht sagen, aber sie werden schon ihre Gründe dafür gehabt haben. Vielleicht war es auch eine höhere Gewalt, die sie daran hinderte. Möglicherweise könnte diese Frage auf Barnards Stern gelöst werden."

„Wenn wir zusammenfassen", Doktor Pickering blickte in die Runde, „dann haben wir zwar keine Gewißheit ..."

„Wie wollen Sie über Lichtjahre und 50.000 Zeitjahre hinweg Gewißheit haben?" unterbrach ihn Professor Unruh etwas gereizt, „die Gewißheit müssen wir uns erst holen. Ich denke, es hat wenig Sinn, über nebensächliche Fragen zu debattieren, lassen Sie doch über das Ziel abstimmen, entweder Barnards Stern oder ein noch näher zu bestimmendes innerhalb einer Raumkugel von 20 Lichtjahren Halbmesser."

„Wer ist für den Antrag?" fragte Pickering. „Danke meine Herren, einstimmig angenommen. Und nun zum zweiten Punkt. Entweder Barnards Stern oder ein noch näher zu bestimmendes Fixsternsystem? Wer ist für Barnards Stern? Anscheinend einstimmig angenommen. Gegenprobe! Wer ist dagegen?"

Eine einzige Hand erhob sich. Es war ein wegen seiner Schrullenhaftigkeit bekannter französischer Astrophysiker.

„Der Antrag wurde mit einer Gegenstimme angenommen. Ziel des

ersten interstellaren Raumschiffes ist also Barnards Stern. Ich danke!"
Da erhob sich der französische Astrophysiker und meldete sich zu Wort: „Ich wußte selbstverständlich, daß ich an dem vorauszusehenden Ergebnis nichts würde ändern können. Sie werden aber wohl wissen wollen, weshalb ich dagegen stimmte. Barnards Stern ist ein roter Zwergstern, und für rote Zwerge habe ich nicht viel übrig, ich hätte es lieber gesehen, wenn das erste interstellare Raumschiff einen weißen Zwergstern angesteuert hätte, das wäre meiner Ansicht nach von größerem wissenschaftlichem Interesse gewesen."

„Sie vergessen, Professor Rosette, daß uns mit Barnards Stern verwandtschaftliche Gefühle verbinden, die haben in diesem Fall den wissenschaftlichen gegenüber den Vorrang!" Ein Schmunzeln ging bei dieser Bemerkung Tom Hells durch die Versammelten.

„Damit ist die Sitzung geschlossen, und ich darf nur hinzufügen, daß ich die Herren zur Besichtigung und Taufzeremonie unseres ersten interstellaren Raumschiffes einlade. Nähere Einzelheiten werden wir Ihnen noch mitteilen!"

11. Kapitel

TAUFE IM WELTRAUM

Im Weltraumhafen Merrit Island — einem der größten auf dem Planeten Erde — herrschte beängstigendes Treiben. Eine Schar von rund zweihundert Prominenten hatte sich eingefunden. Es war eine besondere Auszeichnung, diesem einmaligen Ereignis beiwohnen zu dürfen. Hauptsächlich waren die Spitzen der Wissenschaft und Technik eingeladen, aber auch einige führende Politiker, jedoch im Verhältnis nicht sehr viele. Seit die Vereinten Nationen durch die Vereinigten Staaten der Erde abgelöst worden waren, hatten die Politiker viel von ihrer Bedeutung eingebüßt. Selbstverständlich wohnte auch das Team um Professor Unruh diesem feierlichen Akt bei.
Der Raumflughafen Merrit Island nahe Kap Kennedy war deshalb zum Start ausersehen worden, da von hier das erste bemannte Raumschiff zum Mond gestartet worden war. Nun sollte von hier das erste interstellare Raumschiff Menschen in die grenzenlosen Weiten jenseits unseres Sonnensystems tragen. So ganz genau stimmte das allerdings wieder nicht, wie dem kurzen Einleitungsvortrag von Chefkonstrukteur John F. Bull zu entnehmen war, den er in der Festhalle des Raumflughafens vor den Gästen hielt.
„Meine Damen und Herren, bevor wir uns in zehn Raumpendlern zum Taufakt begeben, einige kurze technische Bemerkungen. Unser interstellares Raumschiff wurde nicht hier, also auf dem Boden der Erde, gebaut, da der Start eines so großen Raumflugkörpers auf größte Schwierigkeiten gestoßen wäre. Wir entschlossen uns daher, den Zusammenbau in den Orbit, das heißt in eine Umlaufbahn um die Erde, zu verlegen. Die einzelnen Teile wurden wohl in verschiedenen Werften auf der Erde gefertigt, dann nach dem Raumflughafen Merrit Island gebracht und von hier mit Hilfe eigens konstruierter Raumpendler für schwere Lasten in einen Orbit geschickt. Erst dort wurde das interstellare Raumschiff von einem Team ausgesuchter Speziali-

sten zusammengesetzt. Die Montage erfolgte unter den strengsten Übernahmebedingungen, jedes Konstruktionselement wurde von zwei unabhängigen Prüfern kontrolliert, denn beim Verlassen des Sonnensystems wird das interstellare Raumschiff ganz auf sich allein gestellt sein. Die Montagearbeiten erstreckten sich über zwei Jahre, und eine zehnköpfige Kommission, die sich aus den ersten Spezialisten ihres Faches zusammensetzte, hat erst vor wenigen Tagen diese großartige technische Schöpfung, die in Zusammenarbeit von Technikern und Wissenschaftern aus aller Welt entstand, für raumtüchtig erklärt."
Ingenieur Bull sah auf die Uhr, dann setzte er fort:
„Es ist Zeit, meine Damen und Herren, unser interstellares Raumschiff kommt bald in eine günstige Position für den Anflug der Space Shuttles, der Raumpendler. Ich bitte erst die Herren von den Kommunikationsmedien und der Presse sich rechts vom Ausgang zu versammeln, sie werden dann zum Raumpendler Pegasus, der mit besonderen Aussichtsluken ausgestattet ist, gebracht und können alle Ereignisse von ihm aus bequem verfolgen. Die anderen Damen und Herren bitte ich links vom Eingang in die bereitgestellten Raumpendler einzusteigen!"
Das Team mit Professor Unruh an der Spitze blieb selbstverständlich beisammen. Tom Hell hielt sich an der Seite von Fräulein Dubois, er hätte im Grunde genommen im Raumpendler Pegasus sein sollen, unter den Journalisten, doch er zog die gewohnte, ihm lieb gewordene Gesellschaft vor. Die Gruppe wurde zum Raumpendler Centaurus gewiesen. „Nomen est omen", meinte Tom Hell zu seiner Begleiterin und sah sie von der Seite an. „Ein Centaur hat schon in der griechischen Sage eine schöne Frau, die Deianira, über das Wasser getragen!"
„Es ist ihm aber nicht gut bekommen, da er die Schöne entführen wollte, Herakles hat ihm einen vergifteten Pfeil nachgeschickt", bemerkte Fräulein Dubois.
„In unserem Fall werden wir beide vom Centaurus entführt . . ." Tom Hell und Aimée Dubois mußten die Plauderei unterbrechen, denn sie waren bereits bei der Gangway des Raumpendlers angelangt. Eine Stewardeß in der schmucken Kleidung der Welt-Raumflugbehörde wies ihnen die Plätze. Sie waren so angeordnet, daß es nur Fenster-

plätze gab. Dies ermöglichte die schlanke Bauart der Raumpendler. „Fasten the belt!" ertönte aus dem Lautsprecher die Aufforderung an die Fahrgäste, sich anzuschnallen.
„Wir starten in einer Minute, und Ihr erster Pilot, Fred Mylius, wünscht Ihnen einen guten Flug. Wir starten zuerst mit unseren Strahltriebwerken, die noch mit Fremdsauerstoff arbeiten, wenn wir eine Höhe von 20 km und eine Geschwindigkeit von drei Mach erreicht haben, schalten wir auf Eigensauerstoff um und fliegen mit Raketenkraft. Damit beschleunigen wir bis auf etwa 8 km pro Sekunde!"
Fräulein Dubois war sichtlich aufgeregt, denn es war dies ihr erster Flug in einem Raumpendler. Sie wollte gerade etwas sagen, da begannen die Triebwerke zu arbeiten, die Beschleunigung war sehr beachtlich, der Gegendruck, hervorgerufen durch die Trägheit aller Massen, wirkte sich viel stärker aus als bei normalen Verkehrsflugzeugen. Fräulein Dubois hatte ein sehr flaues Gefühl im Magen, bezwang jedoch tapfer die aufkommende Beklemmung. Im Innern des Centaurus war das Donnern der Triebwerke nur als ein leichtes Brummen zu hören. Schon hatte sich der Raumpendler von der Piste abgehoben. Die Erde schien zu kippen, als er unter einem Winkel von fast 45 Grad aufwärts schoß. Die Turbulenz der Troposphäre machte sich nur in einem leisen Schwanken bemerkbar, denn die Raumpendler besaßen nur Andeutungen von Tragflächen. Die Beschleunigung hielt an. Schon war die Schallmauer durchbrochen, der Himmel färbte sich immer dunkler, jetzt wurde die untere Grenze der Stratosphäre in etwa 12 km Höhe erreicht. Die Erde lag weit ausgebreitet unter dem Geschoß, das mit Menschen beladen über die Lufthülle unseres Planeten hinausflog. Die Wolken bildeten flockige Muster, das Meer, aber auch das Land erschienen blau, das erstere in einer kräftigen, das letztere in einer zarten Tönung. Fräulein Dubois vergaß den Andruck, der sie noch immer unbarmherzig in den Sitz drückte, und flüsterte: „Gott, wie ist das schön!"
„Meine Damen und Herren", meldete sich der erste Pilot, „sehen Sie, wir überfliegen gerade das Auge des Hurrikans Florence, der in der Karibischen See gegen Jamaika zieht. Deutlich sind die spiraligen Wolkenarme zu erkennen, die vom dunklen Zentrum ausgehen. Uns

kann er nichts anhaben, denn wir sind bereits in 20 km Höhe und schalten auf Raketenantrieb um. Wir benützen dabei die gleichen Triebwerke, nur den Sauerstoff holen wir nicht mehr aus der Luft, sondern aus unseren Tanks."

Die Beschleunigung nahm noch weiter zu, der Himmel war bereits blauschwarz, und die Erde begann sich von einer Scheibe zu einer Kugeloberfläche zu wölben.

„Unsere Außenhaut beginnt sich langsam wieder abzukühlen, sie wurde beim Durchstoßen der dichteren Luftschichten rotglühend, was Sie aber im grellen Sonnenlicht nicht merkten. Wir beschleunigen jetzt mit drei g, mit der dreifachen normalen Schwere, wer Beschwerden verspürt, nehme eine der Pillen, die sich in einem Fach unter der Luke befinden, und lasse sie auf der Zunge zergehen."

Tom Hell hatte bereits einmal in seiner journalistischen Laufbahn eine Außenstation, ein Laboratorium für technologische Probleme unter den Bedingungen der Gewichtslosigkeit in einem Orbit, besucht. Für ihn war daher der Flug kein erstmaliges Erlebnis.

„Was ich zuvor sagen wollte", Fräulein Dubois neigte sich zu ihm, „die Fahrt ist trotz des Andruckes himmlisch. Ich mußte unwillkürlich an den Jungen denken, der uns so geholfen hat, an Gemse, an den Sohn Herrn Abels. Welch ein Erlebnis wäre dies für ihn. Ein aufgeweckter Junge müßte da Anregungen bekommen, deren Auswirkungen für das weitere Leben gar nicht abzusehen sind."

„Als Psychologin müssen Sie dies wissen. Er scheint Sie übrigens ins Herz geschlossen zu haben. Sie waren aber auch die einzige, die nie an seiner Ehrlichkeit gezweifelt hat. Vielleicht können wir ihm einen Besuch des interstellaren Raumschiffes ermöglichen. Ich werde mit Ingenieur Bull darüber sprechen!"

„Achtung, Achtung!" ließ sich wieder die Stimme des ersten Piloten aus dem Lautsprecher vernehmen, „wir schalten das Raketentriebwerk ab, wir bewegen uns dann in einer Ellipse, deren erdfernster Punkt in 1600 km Höhe liegt, in freier Gravitationsbahn. Gleich werden Sie sich schwerelos fühlen. Bitte schnallen Sie sich auf keinen Fall ab. Das Bewegen im gewichtslosen Zustand erfordert einiges Training."

Es war den Fahrgästen so, als würde ihr Gewicht allmählich schwinden. Der Übergang erfolgte nicht plötzlich und wurde daher als angenehm empfunden. Eine geisterhafte Stille begleitete die Antriebslosigkeit, denn die automatische Lufterneuerung arbeitete vollkommen lautlos. Fräulein Dubois blickte auf die Borduhr, deren Zeiger von allem äußeren Geschehen unberührt gleichmäßig wanderten.

„Was, erst fünf Minuten sind seit dem Start vergangen? Ich kann es kaum glauben, mir kommt es wie eine Ewigkeit vor!"

„Ein interessanter psychologischer Effekt", bemerkte Tom Hell, „besonders für Sie. Wir haben in fünf Minuten mehr erlebt als mancher Mensch in seinem ganzen Leben."

„Es ist schon eine seltsame Zeit, in der wir leben. Die Menschen haben die meisten Kinderkrankheiten überwunden und könnten in ein goldenes Zeitalter eintreten, von dem ihre Vorfahren schwärmten!"

„Sie werden schwärmerisch, mein Fräulein Aimée, ist das vielleicht die Auswirkung der Gewichtslosigkeit auf bestimmte psychische Veranlagungen!"

„Ich werde dieses Problem zum Thema meiner Dissertation machen", scherzte die Psychologin.

„Achtung, Achtung", meldete sich wieder der Bordlautsprecher, „wir nähern uns dem interstellaren Raumschiff! Blicken Sie in Flugrichtung, es zeichnet sich bereits als heller Punkt vom schwarzen Himmelshintergrund ab. Wir fliegen fast in der gleichen Bahn, etwas unterhalb, aber mit größerer Geschwindigkeit, sodaß wir es bald einholen werden. Dann wird unser Centaurus mit dem interstellaren Raumschiff in einem Abstand von etwa hundert Metern Schritt halten. Sie können dann die Taufzeremonie entweder über den Bildschirm und Lautsprecher oder direkt mit freiem Auge durch die Fenster verfolgen. Nach der Taufhandlung sind wir im großen Mannschaftsraum zu einem Imbiß eingeladen!"

Gewisse Bräuche sind sehr langlebig, so auch die Zeremonien bei der Taufe von Fahrzeugen. Es war vor Zeiten üblich, Schiffe und Flugzeuge von zarter Hand taufen zu lassen, wobei eine Flasche Champagner gegen die Bordwand geschleudert wurde. Dieser Brauch wurde auch im Zeitalter der Raumfahrt beibehalten. Der Frau des Präsidenten der Welt-Raumflugbehörde, Mrs. Cynthia MacLane aus Christchurch, Neuseeland, wurde die Ehre zuteil, den Taufakt zu vollziehen.

Nun war es aber nicht so einfach, in einer Kreisbahn um die Erde, im luftleeren Weltraum, eine Flasche gegen die Wand des mächtigen interstellaren Raumschiffes zu schleudern. Entweder die Flasche wird wie ein Torpedo aus einem Lancierrohr gegen die Wand geschossen, was wenig stimmungsvoll ist, oder sie wird von Hand aus geworfen, was wiederum voraussetzt, daß die Taufende sich in einem Raumanzug dem „Täufling" nähert. Die Verantwortlichen der WODESPAD hatten sich für die letztere, weil traditionelle Lösung entschlossen, und so mußten sich Mr. und Mrs. MacLane, begleitet von einigen Offizieren des Raumschiffes, in Raumanzügen mit Hilfe von Handsteuergeräten, pistolenähnlichen Konstruktionen, aus ihrem Raumpendler ausschleusen und sich zur Bordwand des Raumkolosses heranmanövrieren.

Da es längst keine Glasflaschen mehr gab, die Flaschen aus Kunststoff wegen ihrer Unzerbrechlichkeit für die Zeremonie aber ungeeignet waren, mußte eigens für die Taufzeremonie eine Glasflasche bereitgestellt werden, wobei Bedacht auf die besonderen physikalischen Verhältnisse im Vakuum genommen werden mußte. Dann sollte die Flasche auch sicher zerbrechen; denn wenn sie an der Bordwand nicht zerschellte, sondern gewichtslos in den Raum zurückprallte, so hätte dies die ganze feierliche Stimmung zerstört. Der Innendruck war daher so bemessen worden, daß schon ein schwacher Anstoß genügte, um die Flasche explodieren zu lassen. Um vor den herumfliegenden Splittern einigermaßen sicher zu sein, wurde das Abschleudern aus einem Respektabstand von etwa zehn Metern vollzogen. Aber noch war es nicht soweit.

Inzwischen hatte sich die ganze Flotte von Raumpendlern mit den Ehrengästen im Halbkreis um den Ort der Zeremonie formiert, und Mr. MacLane, der mit seiner Frau und dem Gefolge langsam der Bordwand entgegenschwebte, sprach über sein im Helm eingebautes Mikrophon, während die Fernsehkameras der Reporter auf die Gruppe gerichtet waren.

„Verehrte Festgäste! Die Welt-Raumbehörde hat in eingehenden Beratungen über die Namensgebung des ersten interstellaren Raumschiffes der Menschheit entschieden. Vorerst war der Plan aufgetaucht, das Raumschiff nach einem der Pioniere der Raumfahrt zu benennen,

Namen wie Robert H. Goddard, Konstantin Eduardowitsch Ziolkowsky und Hermann Oberth wurden vorgeschlagen. Um uns aber den Vorwurf der Parteilichkeit zu ersparen, hatte die Namenskommission beschlossen, einen neutralen Namen zu wählen, und sie einigte sich auf ‚Cygnus'. Unser interstellares Raumschiff wird den Namen eines Sternbildes tragen, und Cygnus, der Schwan, ist auch symbolhaft für den Flug in die Weiten des Reiches der Fixsterne. Mit dem Schwan ist eine für den Flug von ‚Cygnus' bedeutsame astronomische Entdeckung verbunden. Der Stern 61 Cygni war der erste Fixstern, dessen Entfernung gemessen wurde. Der Astronom Friedrich Wilhelm Bessel veröffentlichte 1841 das Ergebnis seiner Messungen, und die Zahl von 11 Lichtjahren setzte die ganze Welt in Erstaunen. Dies, verehrte Festgäste, zur Wahl des Namens ‚Cygnus'."

Nun war Mrs. Cynthia bereits in der richtigen Position angelangt, schwang den Arm und holte weit aus. Als sie die Flasche schleuderte, sagte sie: „So taufen wir dieses Raumschiff auf den Namen Cygnus, möge es gleich einem Schwan dahinschweben bis in nebelhafte Fernen. Möge ihm eine glückliche Zukunft beschieden sein!"

Die Flasche zerschellte programmgemäß an der Bordwand, und die durch den Rückstoß etwas aus dem Gleichgewicht gekommene Mrs. Cynthia MacLane aus Christchurch, Neuseeland, mußte von zwei Begleitern wieder in die richtige Position gebracht werden. Unter den Festgästen entstand eine richtige Hochstimmung, in den Raumpendlern erhob sich ein Stimmengewirr, die Insassen unterhielten sich laut und gestikulierend. Die Spaceshuttles wurden nach und nach zu den Einstiegschleusen gelotst.

12. Kapitel

RAUMSCHIFF „CYGNUS"

Im großen Mannschaftsraum des „Cygnus" herrschte eine beinahe ausgelassene Stimmung, zu der die Gewichtslosigkeit nicht wenig beitrug. Die Neulinge, die noch nie in ihrem Leben im gewichtslosen Zustand gegessen und getrunken hatten, machten komische Figuren. Alte Raumhasen hingegen brachten wahre Kunststücke zuwege. So zeigte Chefkonstrukteur Bull dem Fräulein Dubois das „Zielessen". Er nahm eine Kirsche in die Hand, die wie alles Konsistente mit einem Zahnstocher auf einer weichen Kunststoffunterlage aufgespießt war, damit es sich im Raum nicht selbständig machen konnte, hielt sie mit ausgestrecktem Arm weit vom Mund, ließ sie dann so geschickt aus, daß sie schwebend stillstand, gab ihr dann mit der Hand einen Schubs, und sie flog zielsicher in seinen geöffneten Mund. Fräulein Dubois fand dies sehr heiter und versuchte sogleich, das Kunststück nachzumachen. Die Kirsche landete jedoch statt im Mund auf der Nase.

„Ein Glück, daß es nicht eine Portion Kartoffelpüree war", meinte lachend Tom Hell.

Die Getränke mußten aus Raumtrinkflaschen genossen werden. Das Prosten mit den Flaschen sah etwas ungewohnt aus, beeinträchtigte jedoch keinesfalls die Stimmung.

Nachdem für das leibliche Wohl gesorgt war, wurden die Gäste in Gruppen eingeteilt und unter fachkundiger Führung durch die wichtigsten Räume des interstellaren Raumschiffes geleitet. Chefkonstrukteur Bull ließ es sich nicht nehmen, das Team von Professor Unruh persönlich zu führen.

„Unser Raumschiff ist eine Welt für sich, die der Besatzung von fünfzig Mann eine neue Heimat — für etliche Jahre — sein wird. Die Mannschaft wurde selbstverständlich sorgfältig aus erprobten Raumfahrern ausgewählt, jeder vom technischen Personal muß mehrere

Disziplinen beherrschen, der Elektroniker zum Beispiel muß auch programmieren können und über die Fernmeldetechnik Bescheid wissen. Jeder muß neben dem theoretischen Wissen auch über handwerkliche Fähigkeiten verfügen. Jede Disziplin ist doppelt besetzt, sodaß bei Ausfall einer Kraft — was wir aber nicht hoffen — eine andere einspringen kann."

Die Gruppe schwebte durch einen kurzen Verbindungsgang, Fräulein Dubois erwies sich als sehr geschickt im gewichtslosen Zustand und bewegte sich graziös schwebend und sich abstoßend durch die Räume.

„Bravo!" ermunterte sie der dicke Professor Newman, „ich fühle mich auch sehr erleichtert, nur mit der Grazie kann ich es nicht aufnehmen!"

„Da sind die Kabinen für die Raumfahrer", setzte John Bull die Führung durch das Raumschiff fort, „alle sind gleich. Jeder muß die Möglichkeit haben, für sich allein zu sein, das hat sich schon bei interplanetarischen Fahrten als unbedingte Notwendigkeit herausgestellt. Sonst kann es leicht zu psychischen Störungen kommen, andererseits bietet der Mannschaftsraum, der heute sehr überfüllt war, Gelegenheit zu geselligem Beisammensein. Ich führe sie jetzt gleich in das Herz des ‚Cygnus', in die Kommandozentrale. Hier also laufen alle Informationen zusammen, und von hier gehen alle Informationen und Befehle aus. Auf den Fernsehschirmen haben wir die Sicht nach allen Richtungen des Raumes. Die Radargeräte können jedes Objekt orten und die Entfernung anzeigen. ‚Cygnus' hat ein Wunderauge, das jederzeit nach allen Richtungen blicken kann. Das Raumschiff wird von einem Kernfusionsreaktor im Keller des ‚Cygnus', wenn ich mich so ausdrücken darf, mit Energie versorgt, die Stromerzeugung besorgen MHD-Generatoren . . ."

„Verzeihung", unterbrach Tom Hell, „wenn ich über diese so interessante Führung schreiben soll, möchte ich mich nicht blamieren, ich gestehe es aber ehrlich, von MHD-Generatoren habe ich keine Ahnung."

„Es würde zu weit führen, auf Einzelheiten einzugehen; die magnetohydrodynamischen oder Plasmageneratoren arbeiten im Prinzip so wie alle gewöhnlichen elektrischen Generatoren, bei denen ein elektrischer Leiter durch ein magnetisches Feld geführt wird. Bei den MHD-

Generatoren besteht dieser elektrische Leiter aber aus einem ionisierten Gas. Allerdings sind dabei sehr hohe Temperaturen zu beherrschen, doch ist der Wirkungsgrad sehr hoch. Die Kombination von Kernenergie mit MHD-Generatoren ist besonders für Raumflugkörper außerordentlich günstig."

„Verwenden Sie für die Kernfusion Wasserstoff?" fragte Professor Unruh.

„Ja, wir haben uns jedoch für die Verschmelzung von Deuteronen mit Tritonen zu Heliumkernen mit der Massezahl 4 unter Freisetzung von Neutronen entschlossen", erklärte Ingenieur Bull.

„Am besten Sie hören nicht hin, Aimée!" flüsterte Tom Hell seiner Begleiterin ins Ohr, „es ist viel zu verwirrend."

„Wie wird der ‚Cygnus' gesteuert?" fragte Steve Falik.

„Wir haben zwei Möglichkeiten, entweder durch einen im Mittelpunkt des ‚Cygnus' kardanisch beweglichen sehr massenstarken Kreisel aus gewöhnlichem Uran oder mit Düsen. Der Steuerkreisel hat den Vorteil, daß der Steuervorgang mit keinem Masseverlust verbunden ist, im Notfall kann der ganze Steuerkreisel aber auch als Atombrennstoff verheizt werden."

„So, und jetzt kommt eine besondere Überraschung . . ."

„Hoffentlich nicht so schwer verständlich wie der M . . . na, wie hieß er nur schnell, dieser Generator . . .?" bemerkte Tom Hell.

„Keine Angst", beruhigte ihn John F. Bull, „diesmal ist es keine von Physik beschwerte Überraschung!"

Die Gruppe wurde durch einen Aufzug zum Bug des Raumschiffes befördert, und als sich die Tür öffnete, ließ Fräulein Dubois ein „Ah" des Erstaunens vernehmen. Auch die anderen blickten verwundert drein, als sie in den Raum sahen.

„Ja, das ist unser biologischer Erholungsraum. Unsere Bordärzte, darunter ein berühmter Psychologe, haben auf diesen Raum besonderen Wert gelegt, da die bisherigen Erfahrungen gezeigt hatten, daß ein Mensch in einer rein technischen Umgebung nicht längere Zeit ohne psychische Störungen leben kann.

„Hier sieht es wie in einem Paradies aus", schwärmte Fräulein Dubois, „hier möchte ich am liebsten bleiben und die ganze Reise mitmachen!"

„Leider“, John F. Bull zuckte die Schultern, „die Besatzung wird nur aus Männern bestehen, das wurde nach reiflichen Überlegungen von der WODESPAD unwiderruflich beschlossen.“

„Das wäre beinahe für mich ein Grund, eine Einladung abzulehnen“, bemerkte Tom Hell mit einem Seitenblick auf Fräulein Dubois. Diese sah aber geflissentlich in das Pflanzengewirr, das sich vor ihren Augen ausbreitete.

„Vorläufig sieht es hier noch etwas unfertig aus, im gewichtslosen Zustand wuchern die Pflanzen nach allen Richtungen, da die Geotropie fehlt, aber während der Fahrt, wenn wir mit mindestens einem g beschleunigen, werden wir erdähnliche Schwereverhältnisse haben“, erläuterte der Ingenieur. „Hier wird dann eine Art Park entstehen, mit einer Vegetation, die aus immergrünen Gewächsen besteht, denn im ‚Cygnus‘ wird es während des Fluges keine Jahreszeiten geben. Daher werden in diesem Park nur tropische und subtropische Pflanzen gedeihen. Einer unserer drei Bordärzte ist auch Botaniker und Pflanzenphysiologe, ihm zuliebe wurde für Forschungszwecke noch ein zweiter, kleinerer Park angelegt, in dem wie in den gemäßigten Breiten der Erde ein Jahreszeitenwechsel stattfindet, wie etwa in 48 Grad nördlicher Breite. Die künstliche Licht- und Wärmestrahlung wird genau im gleichen Rhythmus wie auf der Erde wechseln.“

„Wie ist es mit dem Tag- und Nachtwechsel?“ wollte Steve Falik wissen.

„Dieser wird ebenso simuliert, nur sind im tropischen Park Tag und Nacht immer annähernd gleich lang, also je 12 Stunden, während es im Gemäßigten-Zonen-Park lange Sommertage und kurze Wintertage gibt. Jeder kann, je nach Geschmack, einen der beiden zur Erholung aufsuchen.“

„Gibt es auch Schnee im Gemäßigten-Zonen-Park?“ wollte Tom Hell wissen.

„Eine Anlage hiefür ist eingebaut, ob sie in Betrieb genommen wird, hängt von den Wünschen unserer Mannschaft ab!“

„Ich vermisse etwas in diesen zauberhaften Räumen“, Fräulein Dubois blickte um sich. „Tiere, eine Pflanzenwelt ohne Tiere ist nur ein halbes Leben.“

„Keine Sorge, mein Fräulein“, lachte der Ingenieur, „die Besatzung ist noch lange nicht komplett. Selbstverständlich wird eine zoologische Handlung noch gut daran verdienen, denn wir wollen versuchen, eine Art biologischen Zyklus in diesen Räumen in Gang zu bringen, die Luft soll ihren Sauerstoff von den Pflanzen und das Kohlendioxyd von den Tieren bekommen. Von fleischfressenden Tieren, zu Unrecht früher als Raubtiere bezeichnet, soll abgesehen werden, Hunde und Katzen selbstverständlich ausgenommen. Diese Räume mit ihren biologischen Funktionen dienen nur zu Erholungsaufenthalten und wissenschaftlichen Untersuchungen. Wir haben aber im ‚Cygnus' noch ausgedehnte hydroponische Anlagen, in denen in einem Licht, das dem Sonnenlicht entspricht, zur Bereicherung des Speisezettels Gemüse, Beeren und Obst — Spargel und Melanzani fehlen nicht — gezüchtet werden. Raumfahrtmenus, wie sie zu Beginn der bemannten Raumfahrt üblich waren, mit dehydrierten Speisen, wird es bei uns nicht geben. Synthetische und konservierte Nahrung auch nur als Ergänzung oder Notbehelf. Im ‚Cygnus' wird alles nach Möglichkeit den natürlichen Vorgängen auf der Erde angepaßt sein. Selbstverständlich ist die Kapazität der hydroponischen Anlagen der Zahl der Raumschiffinsassen angemessen."

„Werden Sie also vegetarisch leben?" wollte Newman wissen, dessen Umfang schon den Feinschmecker verriet.

„Nicht ganz, denn wenn wir zum Beispiel in unseren Parks Hasen aussetzen, dann wird der bei der Vermehrung entstehende Überschuß der Küche zugeführt."

„Das beruhigt mich!" gestand der Paläontologe.

„Wenn Sie mit uns fahren, was im Bereich der Möglichkeit ist, dann werden Sie vielleicht auf dem Planeten von Barnards Stern einen Wollhaarnashornbraten oder einen Höhlenbärenschinken kosten können, so die genannten Tiere dort noch leben."

Der Ingenieur führte das Team um Professor Unruh noch durch verschiedene andere Räume des ‚Cygnus', durch die Vorratskammern, die medizinische Abteilung, die Lese- und Vortragsräume, die Küchen und Werkstätten. Die Bekleidung für die Raumfahrer war für alle gleich, eine Art Overall ohne Rangabzeichen, da einer den anderen persönlich kennen würde. Die Abnützung der Kleidung war im Innern der Raumschiffe in allen Fällen sehr gering, sodaß von einem eigenen Bordschneider abgesehen werden konnte. Im gegebenen Fall übernahm ein Mitglied der Besatzung, das einen Schnellkurs in Schneiderei gemacht hatte, die anfallende Arbeit.

Während sich die Gruppe zur Schleuse begab, meinte der Ingenieur: „Ich habe Ihnen einen möglichst vollständigen Einblick in diese künstliche Welt gegeben, die den Raumfahrern für Jahre die Erde ersetzen soll. Die Planer und Konstrukteure mußten beinahe Übermenschen sein, um an alles zu denken, nichts Wichtiges zu vergessen. Ich hätte eine Bitte — wenn Ihnen etwas einfällt, was noch im ‚Cygnus' berücksichtigt werden sollte, dann sagen sie es mir . . ."

„Mir geht etwas ab", bemerkte Tom Hell, „ein Sportplatz. Gerade körperliche Betätigung dürfte während einer so langen Raumfahrt eine wichtige Rolle spielen."

„Der ‚Cygnus' ist nicht sportfeindlich, ich kann Ihnen verraten, daß auch daran gedacht wurde, entsprechende Sportgeräte befinden sich auf der Checkliste, ein Teil des Parkes kann als Sportgelände dienen, bei beschleunigter Fahrt kann eine Mulde mit Wasser gefüllt und als Schwimmbecken verwendet werden."

„Ich werde weiter nachdenken, vielleicht fällt mir noch etwas ein", meinte Tom Hell, „aber ich fürchte, da werde ich mich sehr anstrengen müssen."

Ingenieur Bull nickte. Inzwischen waren sie an der Schleuse angelangt, und nachdenklich gestimmt kehrte die Gruppe zur Erde zurück.

13. Kapitel

TOM HELL IST ÜBERRASCHT

Der Journalist, der durch seine Findigkeit rasch eine steile Karriere durchlaufen hatte, saß auf der Terrasse seines Heimes in der Nähe von Ponans, wo er sich angekauft hatte, und blickte in die Waldlandschaft hinaus. Vor sich auf dem kleinen Tisch hatte er eine Flasche Rotwein, ein Schluck paßte zum Gabelfrühstück. Da klingelte der Postschreiber, Briefe wurden nicht mehr von einem Briefträger ausgetragen, sondern durch eine Art privaten Fernschreiber vom Absender an den Adressaten übermittelt. Der Aufgeber legte das Schreiben in den Aufgabeapparat, wählte wie beim Telefonieren die Nummer des Empfängers, dann wurde das Schreiben elektronisch abgetastet und kam beim Empfänger in Klarschrift heraus. Dies wurde in solchen Fällen geübt, wenn der Empfänger etwas Schriftliches in Händen haben sollte.

Tom Hell ging zum Empfänger des Postschreibers und entnahm ihm einen Bogen in Briefformat. Er setzte sich zu seinem Tischchen, sprang aber auf, als er die ersten Zeilen überflogen hatte, und ging mit raschen Schritten auf und ab. Er war sehr aufgeregt. Denn das Schreiben hatte als Briefkopf das Zeichen der Welt-Raumfahrtbehörde und war von MacLane persönlich unterzeichnet. Er mußte es mehrmals lesen, um den Inhalt in seiner Tragweite voll erfassen zu können.

> „Sehr geehrter Herr Dr. Tom Hell,
> die Welt-Raumfahrtbehörde hat über Vorschlag von Chefkonstrukteur John S. Bull von der WODESPAD beschlossen, Sie zum ersten Flug des ersten interstellaren Raumschiffes ‚Cygnus‘ als Chronist einzuladen. Ihre Aufgabe wird es sein, den Flug mit allen Ereignissen zu schildern, in Bild und Ton aufzuzeichnen und ein ausführliches Dokumentarwerk für das Archiv der

Welt-Raumflugbehörde vorzubereiten. Ferner übertragen wir Ihnen die Freizeitgestaltung der Besatzung und die Leitung der Bibliothek, der Diskothek und des Filmarchivs. Wir nehmen an, daß Sie sich über die menschlichen Folgen durch die bei diesem interstellaren Flug auftretende Zeitdehnung im klaren sind. Andererseits glauben wir, daß Sie diese Berufung, die auch an den Paläontologen Prof. Newman, an den Prähistoriker Professor Koenigsfeld, den Physiker Gus Nortop und den Zukunftsforscher Steve Falik ergeht, als eine ungewöhnliche Auszeichnung auf Grund Ihrer Verdienste um die Aufhellung jenes vorgeschichtlichen Ereignisses werten.

Wir bitten Sie innerhalb von 24 Stunden unserer Personalabteilung Ihren Entscheid mitzuteilen. Im bejahenden Fall wird es Commander John S. Bull, dem Kapitän des ‚Cygnus', ein Vergnügen sein, Sie so bald wie möglich im Direktionsgebäude der WODESPAD auf Merritt Island zu begrüßen.

E. A. MaxLane"

Tom Hell stürzte zum Videophon und wollte Fräulein Dubois sehen und sprechen, insbesondere wollte er sehen, welches Gesicht sie bei dieser Neuigkeit machen würde. Aber leider, das Videophon gab das Zeichen: niemand zu Hause. Tom Hells Gedanken arbeiteten fieberhaft. Da griff er nochmals zum Videophon, und diesmal hatte er Glück. Gus Nortop war zu Hause: „Hallo Gus, was sagen Sie, wie werden Sie sich entscheiden? Ich bin so aufgeregt, daß ich keinen vernünftigen Gedanken fassen kann. Ich wollte Fräulein Dubois um Rat fragen, aber sie ist nicht erreichbar."

„Nur ruhig Blut, Fräulein Dubois hat sich bei mir angesagt, ich erwarte sie in einer halben Stunde in meinem Laboratorium, kommen Sie zu uns, Sie können leicht in 35 Minuten hier sein, vielleicht wird Sie eine gemeinsame Aussprache beruhigen. Auf Wiedersehen!"

„Die Ruhe möchte ich haben", sagte Tom Hell zu sich und fuhr gleich los. Unterwegs machte er sich Gedanken darüber, was wohl Fräulein Dubois bei dem Physiker suchte. Er ertappte sich bei der Feststellung, daß ihm die Psychologin nicht ganz gleichgültig war. Er fand, daß

persönliche Gefühle, obwohl viele es nicht wahrhaben wollten, sich doch nicht unterdrücken lassen.
Als er bei Gus Nortop ankam, beruhigte ihn dieser: „Fräulein Dubois muß jeden Augenblick kommen, sie holt sich bei mir für ihre Dissertation physikalische Angaben, die sie für ihre psychologischen Schlüsse braucht. Ah, da kommt sie ja!"
„Was Tom, Sie sind auch da?" fragte sie halb erstaunt, halb angenehm überrascht, „nehmen Sie vielleicht auch einen Kurs in Physik?"
„Würde ihn verdammt nötig haben, da — lesen Sie!" Tom Hell reichte ihr den Brief. Fräulein Dubois las, und Tom Hell bemerkte, wie ihre Hand ganz leise zu zittern begann und eine leichte Röte ihr Gesicht überzog:
„Das ist doch großartig, Sie werden doch zusagen, nicht?"
„Ja, doch — aber . . ."
„Was gibt es da für ein Aber?" wollte Fräulein Dubois wissen.
„Gut, daß dieses Zusammentreffen bei Ihnen stattfindet", Tom Hell wandte sich an den Physiker. „Ich weiß wohl über die Zeitdilatation, die Zeitdehnung, im Prinzip Bescheid, aber wie wird sie sich in unserem speziellen Fall auswirken?"
„Sie sagen in unserem Fall, heißt das, daß auch Gus Nortop mit von der Partie sein wird?" wollte Fräulein Dubois wissen.
„Ja, das heißt es", sagte der Physiker unbewegt. „Was nun Ihre Frage betrifft, so kann ich nur ungefähre Angaben machen, da ich die momentane Entfernung von Barnards Stern nicht genau kenne und vieles von der Beschleunigung abhängt, mit der der ‚Cygnus' fliegen wird. Auf jeden Fall werden bei unserer Rückkehr diejenigen, die auf der Erde zurückgeblieben sind" — er warf einen kaum merklichen Seitenblick auf Fräulein Dubois — „um etliche Jahre mehr gealtert sein als wir. Das steht auf alle Fälle fest!"
„Können Sie nicht doch konkrete Zahlen angeben?" wollte Tom Hell unbedingt wissen.
„Nehmen wir an, Barnards Stern ist sechs Lichtjahre entfernt und wir fliegen mit einem g Beschleunigung, dann . . ." Gus Nortop schrieb einige Formeln auf und setzte dann die Werte ein, „. . . dann würden auf dem ‚Cygnus' fast vier Jahre Bordzeit vergangen sein, jedoch mehr als zehn Jahre Erdzeit. Das hieße, bei der Rückkehr wären wir —

den Aufenthalt auf dem Planeten von Barnards Stern nicht eingerechnet — mehr als acht Jahre, die auf der Erde Gebliebenen jedoch etwa einundzwanzig Jahre älter geworden. Das bedeutet eine Verschiebung um etwa dreizehn Jahre. Wenn jedoch mit einer größeren Beschleunigung gefahren wird und beim Abbremsen an die Grenze des erträglichen Verzögerungsdruckes gegangen wird, würde sich die Zeitdifferenz noch stärker auswirken, sie läge in der Größenordnung von zwanzig Jahren."

„Ich habe unbedingtes Vertrauen zu Ihren physikalischen Kenntnissen", gestand Fräulein Dubois, „aber können Sie mir erklären, wieso das ist?"

Der Physiker sah sie ratlos an: „Einem Nichtphysiker dies zu erklären, verständlich zu erklären, ist so gut wie unmöglich. Begnügen Sie sich mit Tatsachen und nehmen Sie diese gläubig hin. Wenn sich ein Körper — in unserem Fall ein Raumschiff — von einem anderen, in unserem Falle die Erde, entfernt und sich seine Geschwindigkeit der Lichtgeschwindigkeit sehr stark nähert, dann vergeht an Bord die Zeit merklich anders als auf der Erde. Die Insassen des Raumschiffes altern weniger als die auf der Erde Zurückgebliebenen, das ist eine aus der Relativitätstheorie abgeleitete Folgerung!"

„Das schließt tatsächlich schwerwiegende menschliche Folgen ein, wie MacLane in seinem Brief angedeutet hat. Das Ja zu dem Angebot bedeutet einen großen Verzicht." Dabei blickte Tom Hell Fräulein Dubois vielsagend an. Sie verstand und sagte leise:

„In Ihrem Fall würde ich dennoch Ja sagen, eine solche Möglichkeit kommt nur einmal in unserem Leben."

„Vielleicht ist es ganz gut, daß diese Zwiesprache — es gibt auch Zwiesprachen ohne viel Worte — in meiner Gegenwart stattfindet. Heute stattfindet, in einigen Tagen wäre es vielleicht zu spät . . ." Gus Nortop räusperte sich verlegen, „wenn Sie zuviel zu zweit gewesen wären. Tom — unterwegs werden Sie wenig oder gar keine Zeit haben, an die Erde zu denken!"

14. Kapitel

„CYGNUS“ ENTFALTET DIE SCHWINGEN

Der Start des ersten interstellaren Raumschiffes war für den 21. März vorgesehen. Dieses Datum sollte symbolhaft sein, der Beginn des Frühlings auf der Nordhalbkugel der Erde. Mit diesem Start begann eine neue Epoche der Menschheit.

Nach wie vor umkreiste der „Cygnus“ als Satellit die Erde, die ihn geschaffen hatte, aber bald sollte er als selbständiger Himmelskörper seinen „Schöpferplaneten“ verlassen und in die öde Weite des Raumes zwischen die Glutnester der Fixsterne vorstoßen, einem wohl bestimmten, aber dennoch ungewissen Ziel entgegenfliegend.

Die eigentliche Abschiedszeremonie fand auf der Erde, auf Merrit Island, statt. Der Papst als Vertreter der Ökumene war gekommen, um die Teilnehmer an der Expedition zu segnen, der Weltpräsident schüttelte allen die Hand, und die Länderpräsidenten taten das gleiche allen Besatzungsmitgliedern, die aus dem betreffenden Land stammten.

Ein privater Abschied fand zwischen Professor Unruh und Fräulein Dubois einerseits und den Herren aus dem Team statt, die zur Teilnahme an dem Flug eingeladen worden waren.

„Warum sind Sie nicht mitgekommen, Professor?“ fragte Tom Hell den Physiker.

„Meine Aufgabe hier auf der Erde — ich bin Lehrer aus Leidenschaft — scheint mir zu wichtig. Und dann — ich möchte das Experiment, und der Flug des ‚Cygnus‘ ist ein Experiment — von der anderen Seite aus erleben, der Empfang bei der Rückkehr wird der schönste Augenblick meines Lebens sein.“

Tom Hell nickte verständnisvoll, doch im gleichen Atemzug sagte er: „Ich sehe ihm allerdings mit einem gewissen Bangen entgegen!“

Als hätte er ganz richtig verstanden, meinte der Physiker:

„Ich werde mich des Fräuleins Dubois annehmen, bei Ihrer Heimkehr

wird sie sicher schon das Doktorat und eine einflußreiche Position haben. Für einige Zeit werden wir noch in Kontakt bleiben, aber wenn der ‚Cygnus' sich bis nahe an die Lichtgeschwindigkeit beschleunigt haben wird, werden Sie lange auf Antwort warten müssen!"
„Meine Herren, es wird Zeit, an Bord des Raumpendlers zu gehen!" mahnte Commander Bull. Noch einmal tasteten die Scheinwerfer der Fernsehgesellschaft die Reihe der Astronauten ab, noch einmal standen sie im grellen Licht der Weltöffentlichkeit, etwas länger als bei den Menschen verweilte die Kamera in Naheinstellung bei einem Vierbeiner. Mesonyx, der kluge und treue Gefährte Professor Newmans, hatte wegen seiner unbestreitbaren Verdienste im Verlauf der Ereignisse die Erlaubnis erhalten, als „vollwertiges" Mitglied der Besatzung am Flug teilzunehmen. Er war sichtlich stolz darauf und hatte sich in die Pose eines Fernsehstars gesetzt.
Die Menschen hatten noch Gelegenheit, den Einstieg der Mannschaft in den „Cygnus" auf den Bildschirmen mitzuerleben, und die Bordkameras vermittelten Einblicke in das Geschehen in der Kommandozentrale.
Die Kameramänner in Raumpendlern nahmen alle Phasen des Starts wahr, sodaß eine großartige, lebendige, von einem Fachmann kommentierte Dokumentation über die Bildschirme lief.
Commander Bull hatte nichts anderes zu tun, als die Instrumente, die Kontrollen, zu beobachten, alles andere besorgten programmierte Computer. Der Fernsehkommentator erklärte:
„Die erste Phase des Fluges, das Ausschwenken aus der Satellitenbahn und das Durchqueren des Sonnensystems, wird unter Ionenantrieb vor sich gehen, da ... die Triebwerke beginnen zu arbeiten, der Riesenleib des ‚Cygnus', er gleicht einem Wal im Ozean des Raumes, schert ganz allmählich aus dem Orbit aus, seine Geschwindigkeit nimmt immer mehr zu, 28.000 Kilometer pro Stunde hatte er in der Umlaufbahn, nun wird aus seiner Kreisbahn um die Erde eine Ellipse, bald wird sich diese in eine Parabel und schließlich Hyperbel verwandeln, dann wird die Bahn ihre Brennpunkte wechseln, nicht mehr die Erde wird der Focus sein, sondern die Sonne, und in hyperbolischer Bahn wird der ‚Cygnus' von unserem Planetensystem Abschied nehmen."

An Bord des „Cygnus" begann sich das Leben einzuspielen. Jeder der Mannschaft war auf seinem Posten, soweit er in dieser Phase des Fluges benötigt wurde. Die Leute vom Team Professor Unruhs waren, bis auf Gus Nortop, der die Computer überwachte, in einer der vier direkten Aussichtswarten, und zwar in der am Bug des Raumschiffes, beisammen. Auch Mesonyx war dabei und sah interessiert hinaus.
Da ging die Tür auf, und Commander Bull kam herein: „Hallo, wie geht es euch? Alles läuft wie am Schnürchen, ich bin in der Zentrale entbehrlich, mein Stellvertreter Captain Hunter wird es allein schaffen, mußte doch einmal nachsehen, wie es meinen alten Freunden geht, das waren noch schöne Zeiten bei Professor Unruh. Sicher sitzt er jetzt vor dem Fernsehschirm, wollen wir ihm einen Gruß schicken?"
Commander Bull sprach einige Worte in ein Mikrophon, das in jedem Raum des „Cygnus", verbunden mit einem kleinen Bildschirm und einer kleinen Fernsehkamera, zu finden war.
„So, gleich werden wir mit Professor Unruh über Videophon verbunden sein!" Tatsächlich erschien das Bild des Professors auf dem kleinen Bildschirm. Tom Hell begab sich zum Mikrophon: „Ihr Team grüßt Sie recht herzlich, Stimmung ausgezeichnet, auch Mesonyx ist bester Laune, hören Sie, er macht einen Begrüßungsbeller, grüßen Sie noch Fräulein Dubois . . ."
„Werde den Gruß bestellen", antwortete der Physiker von der Erde, „und wenn Sie am Saturnmond Titan vorbeifliegen, bestellen Sie schöne Grüße von mir dem dort diensthabenden Stationsphysiker, er ist ein Studienkamerad, er soll sich mit den mir versprochenen Untersuchungen beeilen. Also dann — gute Fahrt!"
Damit endete das Gespräch. Wieder ging die Tür auf, und der zweite Kommandant trat ein.
Cyrus H. Hunter erweckte auch in dem uniformen Raumschiff-Overall den Eindruck, einem Westerner entsprungen zu sein, unwillkürlich mußte Tom Hell an einen nicht ganz sauberen Sheriff denken.
„Ich habe den ‚Cygnus' dem Navigator Raanes anvertraut und möchte, Ihr Einverständnis vorausgesetzt, aus bestimmten Gründen einen Rundgang durch das Schiff machen!"
„Das hätten Sie mir eigentlich schon früher sagen müssen", bemerkte Commander Bull mit leichtem Stirnrunzeln.

„Eigentlich schon, aber ... darf ich vielleicht zuvor den anwesenden Herren die Hand drücken?“ Kapitän Hunter ging von einem zum anderen, und als er zuletzt zu Professor Newman kam, zog sich Mesonyx hinter den Paläontologen zurück und knurrte leise. Der Kapitän brummte etwas wie „dummes Vieh“ und wandte sich gleich Commander Bull zu:

„Warum ich selbst gekommen bin, Sie wissen, daß die Masse des ‚Cygnus‘ genau bestimmt wurde. Wir konnten beim Abflug annehmen, die Masse auf 500 Gramm genau zu kennen. Die höchstempfindlichen Beschleunigungsmesser zeigen jedoch eine positive Abweichung von 40.000 Gramm an, das liegt weit über der Fehlergrenze. Im weiteren Verlauf der Fahrt, wenn der ‚Cygnus‘ jahrelang ein geschlossenes System bildet, kann sich das im Treibstoffverbrauch auswirken. Außerdem müßte umprogrammiert werden.“

Während Kapitän Hunter sprach, flüsterte Professor Newman Tom Hell ins Ohr: „Das Knurren von Mesonyx ist ein Zeichen, daß ihm Hunter nicht sympathisch ist. Seine Antipathie hat immer einen Grund.“ Tom Hell nickte nachdenklich.

„Und deshalb wollen Sie einen Rundgang durch unser Schiff machen?“ fragte der Commander. „Ist wenig sinnvoll, selbst mit einem Spürgerät hieße es die sprichwörtliche Stecknadel im Heuhaufen suchen. Da würde ich eher sagen, nehmen Sie Mesonyx mit, dessen Sinne sind schärfer als unsere empfindlichsten Instrumente.“

Mesonyx war jedoch nicht zu bewegen, mit Hunter zu gehen, auch nicht in Begleitung seines Herrn. Er weigerte sich standhaft und sträubte die Rückenhaare, dabei blickte er einmal auf Hunter und dann wieder auf Commander Bull.

„Ja Mesonyx, ich habe dich verstanden“, sagte Professor Newman, „ich weiß, was du willst. Commander Bull soll mit dir gehen!“

„Also komm, willst du mich begleiten?“ fragte Bull. Mesonyx bellte freudig und sprang an ihm hoch. Ungefähr nach einer Stunde ertönte im Lautsprecher die Stimme des Commanders:

„Doktor Scarpa in Frachtraum D 3 Delta 36 kommen. Ich wiederhole, Doktor Scarpa sofort in Frachtraum D 3 Delta 36 kommen. Ende!“

15. Kapitel

EINER ZUVIEL AN BORD

„Du bist einfach unbezahlbar, Mesonyx!" der Commander streichelte das kluge Tier, „ohne dich hätten wir lange suchen können, wahrscheinlich sogar vergeblich." Mesonyx nahm das Lob würdevoll und schweifwedelnd entgegen.
Die Männer des „Unruh-Teams", mit Ausnahme von Gus Nortop, waren in der Kabine des Commanders versammelt. Sechs Mann hoch und noch ein siebentes Häufchen Unglück.
„Als ich mit Mesonyx in den Frachtraum D3 Delta 36 kam, wurde Mesonyx plötzlich unruhig. Er winselte, spitzte die Ohren und war sichtlich irgend etwas auf der Spur. ‚Such!' sagte ich zu ihm, ‚ist etwas nicht in Ordnung?' Da deutete Mesonyx auf einen Stapel von Behältern und Kisten aus leichtem Schaumstoff. Ich legte einen solchen Stapel unter aufmunternden Blicken unseres vierbeinigen Freundes beiseite und stieß auf einen großen, kistenartigen Behälter, Mesonyx stürzte sofort hin und begann an der einen Seitenwand zu kratzen. Sie war etwas beschädigt, ließ sich leicht zur Seite biegen, und was sah ich da — unseren blinden Passagier. Allerdings in einem wenig dekorativen Zustand. Halb verhungert und sichtlich unter dem Einfluß einer Droge. Zusammen mit Doktor Scarpa befreiten wir ihn aus seiner ungemütlichen Lage, und der Arzt stellte sofort die Nachwirkungen von DMS fest, das Hemmungen aufhebt und in einen Schwebezustand zwischen Wachen und Träumen versetzt. Aber jetzt hat sich unser ungebetener Gast schon so weit erholt, daß wir mit ihm reden können!"
„Du Schlingel, schon einmal hast du uns einen Streich gespielt, in der Höhle, mit den Felszeichnungen!" sagte Professor Koenigsfeld.
„Ja, aber haben Sie es bereut, daß ich Ihnen den Eingang zur Höhle gezeigt habe?" sagte der Junge weinerlich. Es war Felix Abel, der unter dem Pseudonym Gemse zu Beginn der Ereignisse immerhin

eine Rolle gespielt hatte. Jetzt saß der aufgeweckte Junge sichtlich unter der Einwirkung eines zweifachen Katzenjammers da.

„Also wie war das? Wie hast du dich da hereingeschwindelt?" wollte Tom Hell wissen.

„Es war gar nicht so schwer. Fräulein Dubois wollte mir eine Erlaubnis verschaffen, den ‚Cygnus' zu besichtigen. Es wurde aber abgelehnt, nur die Raumschiffwerft Argo und das Startgelände auf Merrit Island durfte ich besichtigen."

„Wenn wir allen, die unseren ‚Cygnus' innen und außen besichtigen wollten, die Erlaubnis gegeben hätten, wären wir noch lange nicht gestartet", erklärte der Commander.

„Ich hatte mir bei der Führung", berichtete Felix weiter, „alles genau angesehen. Ich trug mich vorerst nur mit dem Gedanken, mich in den ‚Cygnus' einzuschleichen, um ihn von innen zu sehen. Ich kaufte mir ein Arbeitsgewand, das dem vom Bodenpersonal getragenen ähnlich war, fälschte einen Badge, eine Kennmarke, und schloß mich bei günstiger Gelegenheit einem Arbeitstrupp an, so kam ich — es war so um drei Uhr früh, da sind die Menschen schläfrig und passen nicht so genau auf, unbehelligt in das Startgelände. Eben wurden Frachtstücke verladen. Um mir Mut zu machen, denn noch immer hatte ich Hemmungen, nahm ich eine Dosis DMS und fühlte mich bald danach als tatenlustiger Held. Ich sah mich schon auf einem fremden Planeten landen und dort gegen Ungeheuer kämpfen . . ."

„Weiter, weiter, komm zur Sache!" mahnte Professor Koenigsfeld.

„Ganz einfach, ich fand die Kiste, deren eine Seitenwand etwas klaffte, und ich zwängte mich hinein. Zwischen den Frachtstücken hatte ich gerade Platz."

Commander Bull lachte: „Und ausgerechnet in die Kiste mit den Musikinstrumenten mußte er sich zwängen!"

„Eine Kiste mit Keks wäre mir lieber gewesen!" gab Felix zu.

„Sie müssen wissen", erklärte der Commander, „daß wir unterwegs ein Bordorchester zusammenstellen werden, dies geschieht auf Wunsch eines großen Teils der Besatzung, denn immer nur gespeicherte Musik zu hören, ist auf die Dauer ermüdend. Wenn einer der Herren ein Instrument beherrscht, ist er herzlich eingeladen. Unser dritter Arzt, Dr. Honda, hat am Konservatorium in Tokio studiert und sich als

Dirigent ausgebildet.“ Und zu Felix gewendet: „Warum hast du dich nicht gemeldet, als du an Bord warst?“

„Vorerst war ich noch unter dem Einfluß des DMS, als er sich verflüchtigte, war es schon zu spät, der Frachtraum war abgeschlossen, und mein Schreien half nichts. Als Sie mich befreiten, lag ich in einer Art Dämmerschlaf, ich hörte Sie nicht.“

„Da verdankst du dein Leben deinem Körpergewicht und dem sechsten Sinn von Mesonyx, denn du hättest in der Kiste verhungern können.“ Felix nickte schuldbewußt.

„Und was glaubst du, was wir jetzt mit dir machen werden?“ fragte der Commander. „Hast du die Geschichte ‚Ich lebte im dritten Jahrtausend‘ gelesen? Was geschah in diesem Roman mit dem blinden Passagier?“

„Er wurde ohne Raumanzug in den Weltraum hinausgeworfen und ist jämmerlich erstickt. Aber ich bin ein wirklicher blinder Passagier und nicht ein erfundener.“

Tom Hell mußte lachen: „Könnte einmal ein geschickter Verteidiger werden. Aber wie stellst du dir die Sache wirklich vor?“ Felix wurde einer Antwort enthoben, da sich der Lautsprecher meldete:

„Hier spricht die Bord-Empfangsstelle. Soeben kommt eine Anfrage von der Erde, aus Ponans. Ein Herr Valentin Abel vermißt seinen Sohn, er war zuletzt auf Merrit Island. Weiß jemand an Bord etwas von ihm? Ende!“

Der Commander schaltete auf Gegensprechverkehr: „Geben zur Erde durch. Felix Abel an Bord. Jede Sorge unbegründet. Ende!“

Commander Bull blickte den Jungen streng an: „Siehst du ein, daß du eine Dummheit begangen hast, eine sehr unüberlegte Dummheit, denn du hast uns in eine arge Verlegenheit gebracht. Wir können doch deinetwegen nicht unsere ganzen Berechnungen über den Haufen werfen!“

„Das hat er doch alles nicht wissen können“, versuchte ihn Steve Falik zu entschuldigen, „so weit reicht sein Verstand noch nicht.“

„Dazu kommt noch eins, die Verantwortung deinem Vater gegenüber, aber auch dir gegenüber; falls du an Bord bliebst, würde sich deine Unreife verlängern, denn du würdest weniger rasch altern als auf der Erde. Möglicherweise wäre dein Vater bei der Rückkehr

wegen des vergrößerten Altersunterschiedes gar nicht mehr am Leben!"
„Aber ich möchte doch wieder gerne beim Vater sein!" gestand Felix kleinlaut.
„Wir werden sehen, wie wir das am besten machen können." Commander Bull begab sich in die Kommandozentrale und blickte auf den Geschwindigkeitsanzeiger. Langsam, aber mit ruhiger Gleichmäßigkeit wuchs die Zahl, im Augenblick waren es 44.000 m/sec. Der Commander drückte auf einen Knopf: „An Bordsendestelle. Versuchen Sie sogleich Verbindung mit dem Betriebsingenieur der Weltraum-Flugbehörde aufzunehmen. Schalten auf Gegensprechverkehr! Ende!"
Es dauerte nur wenige Sekunden, und es meldete sich die gewünschte Stelle.
„Hier spricht Commander Bull vom Raumschiff ‚Cygnus'."
„Ist etwas nicht in Ordnung, Commander?"
„Kein technisches Problem direkt, eher ein menschliches. Haben blinden Passagier an Bord, einen Jungen, möchten ihn so rasch wie möglich los werden. Ist ein leistungsstarkes interplanetarisches Raumschiff auf dem Mond verfügbar?"
„Augenblick, ja, da haben wir es schon, Raumschiff ‚Sagitta' ist auf Station Ziolkowsky im Mare Imbrium startbereit."
„Ausgezeichnet, wir fliegen bereits mit über 44.000 m/sec und haben schon nahezu die Hälfte der Entfernung zur Mondbahn erreicht. Wir können den Kurs und die Geschwindigkeit nicht ändern, ohne in Schwierigkeiten zu kommen. Schicken Sie die ‚Sagitta' auf unseren Kurs, sie kann uns noch ohne Schwierigkeiten einholen. Wenn sie längsseits mit uns ist, werden wir ein Raumboot mit dem Jungen hinüberschicken und Sie veranlassen, daß er nach Hause gebracht wird."
„Verstanden. Aber wer wird für die Kosten aufkommen?"
„Das sage ich Ihnen, wenn wir in zwanzig Jahren, es können auch fünfundzwanzig sein, wieder zurückkommen."
„Bordzeit oder Erdzeit?"
„Erdzeit selbstverständlich. Ende!"

16. Kapitel

BARNARDS STERN

Der „Cygnus“ war auf voller Fahrt. Das Ionentriebwerk wurde vierzehn Tage nach dem Start ab- und das Photonentriebwerk eingeschaltet. Der Kurs des Raumschiffes verlief in einem Winkel von mehr als zehn Grad gegen die Ekliptik, die Erdbahnebene, sodaß die Gefahr, einem Kleinen Planeten zu begegnen, zwar nicht beseitigt, aber dennoch vermindert war. Die Radarwarnanlagen hätten einen solchen Kleinkörper aber zeitgerecht erfaßt und eine automatische Kurskorrektur ausgelöst. Aber die Wahrscheinlichkeit eines solchen Zusammentreffens ist sehr gering, und auch bei diesem Flug kam es zu keinem Zwischenfall.
Mit dem Einschalten des Photonentriebwerkes wurde die Beschleunigung um zwanzig Prozent angehoben, sodaß sich die Insassen des „Cygnus“ an eine leichte Vermehrung ihres Gewichtes gewöhnen mußten, was besonders Professor Newman sehr schwer fiel. Das Leben an Bord hatte sich nach wenigen Tagen eingespielt. Die Borduhren gaben den normalen Lebensrhythmus an, wie auf der Erde wurde der Tag- und Nachtwechsel eingehalten, für die Mannschaft gab es Tag- und Nachtschichten, die jedoch etwas eintönig verliefen, was von vielen bedauert wurde. Die Automaten nahmen den Menschen die meiste Arbeit ab, sie mußten nur überwacht werden. Das Problem der Freizeitgestaltung mußte auch im „Cygnus“ gelöst werden, stieß bei dem hohen Bildungsgrad der Expeditionsteilnehmer jedoch auf keine so großen Schwierigkeiten wie bei Menschen, die nicht wissen, was sie mit ihrer Zeit beginnen sollen.
Tom Hell, Gus Nortop und der Bordastronom Dr. Bessel saßen im Observatorium beisammen. Es befand sich an der Vorderseite des Raumschiffes, machte aber eher den Eindruck einer Schaltwarte in einem großen Kraftwerk. Bildschirme, Oszillographen, Skalen mit Zeigern, Hebel, Knöpfe und Bandgeräte beherrschten das Bild. Der

Bordastronom Dr. Dietmar Bessel, ein noch junger Mann mit vollem, blondem Haar und glattrasiertem, stets freundlichem Gesicht, beherrschte sein Reich virtuos. Da der Boden des Observatoriums senkrecht auf dem Schub des Triebwerkes lag, hatten die Besucher den Eindruck, wie auf der Erde unter einer durchsichtigen Kuppel zu sein.

„Wie weit sind wir schon von der Sonne entfernt? Ein Monat ist seit dem Start vergangen, mir kommt es vor, als hätten wir erst gestern die Erde verlassen“, fragte Tom Hell.

„Genau kann ich es Ihnen nicht sagen“, meinte der Bordastronom, „denn unsere Geschwindigkeit nimmt um mehr als zehn Meter pro Sekunde zu, und wir nähern uns asymptotisch der Lichtgeschwindigkeit, die wir nach den geltenden physikalischen Gesetzen nicht überschreiten können. Wir sind jetzt — da sehen Sie auf diesem Zähler — links sind die Milliarden Kilometer, 40 können wir ablesen, und da ganz rechts, können Sie verfolgen, wie die Meter — das Instrument gibt nur die Zehner an — lustig springen.“

„Wir sind also schon weit außerhalb des Sonnensystems“, bemerkte Gus Nortop, „ungefähr siebenmal weiter von der Sonne entfernt als der äußerste Planet Pluto. Wenn Sie dem Fräulein Dubois einen Gruß senden wollten, so müßten Sie, wenn die Empfängerin sofort antwortet, drei Tage auf die Bestätigung warten.“ Der Bordastronom grinste:

„Ich habe es vorgezogen, jede Verbindung mit der Erde abzubrechen, vielleicht ist meine Zukünftige auf der Erde noch gar nicht geboren, aber bis wir zurückkommen, wird sie gerade recht für mich sein. Es lebe die Zeitdilatation!“

„Von hier aus können wir die Sonne leider nicht sehen“, bedauerte Tom Hell.

„Da müßten wir uns in das Heckobservatorium begeben, da könnten wir in der Fahrtrichtung zurückblicken. Sie erscheint für das freie Auge aus dieser Entfernung zwar nur als durchmesserloser Lichtpunkt, aber noch immer sehr hell. Schätzungsweise noch achtmal heller, als uns der Vollmond auf der Erde schien.“

„Können wir nicht unser Ziel sehen, Barnards Stern?“ fragte Tom Hell.

„Ich fürchte, Sie werden sehr enttäuscht sein, denn noch sind wir sehr weit davon entfernt, wenn sich auch unsere Geschwindigkeit von Sekunde zu Sekunde steigert. Unser optisches Teleskop fliegt sozusagen im Schlepptau des ‚Cygnus' an einem Kabel 10 Kilometer hinter uns. Dadurch hat es freien Ausblick praktisch nach allen Seiten."

„Ist es ein Spiegelteleskop?" wollte Gus Nortop wissen.

„Selbstverständlich, und noch dazu das größte, das im Sonnensystem gebaut wurde. Der Parabolspiegel aus einer Leichtmetallegierung hat zwanzig Meter Durchmesser, er wurde im gewichtslosen Zustand in einer Werkstatt, die die Erde in einem Orbit umkreist, hergestellt. Wir beobachten nicht direkt. Das Fokalbild wird auf eine besonders empfindliche Bildröhre gerichtet und auf diesen Schirm hier übertragen." Dr. Bessel zeigte auf einen Bildschirm.

„Wie stellen Sie das Objekt ein?" wollte Tom Hell wissen.

„Ganz einfach, ich gebe hier die Koordinaten ein, die auf den jeweiligen Standort des ‚Cygnus' bezogen sind, und das Teleskop stellt sich selbst auf das Objekt ein."

Dr. Bessel nahm ein Tabellenbuch zur Hand, schlug nach, drückte einige Knöpfe, gab die Daten der Position des Raumschiffes ein, und schon begann der Computer des Observatoriums zu arbeiten. In Sekundenschnelle richtete sich das Teleskop auf das gewünschte Objekt. Der Astronom schaltete den Bildschirm ein. Gleichzeitig versank der Raum in einem schummrigen Dämmerlicht. Durch die Kuppel blickte ein Gewimmel anscheinend greifbar naher Lichtpunkte herein, ein seltsames Gefühl ergriff die beiden Gäste des Astronomen, sie glaubten sich in den Mittelpunkt des Universums versetzt. Auf dem Bildschirm wanderten Lichtpunkte, auffallend helle und ganz schwache.

„Das sieht doch aus, als würden wir direkt durch das Teleskop blikken", stellte Tom Hell fest.

„Die Zeilen- und Punktezahl ist so groß, daß das freie Auge keinen Unterschied gegen die Wirklichkeit merkt. Außerdem ist die Farbentreue vollkommen", ergänzte der Astronom.

„So, da haben wir unser Ziel", Dr. Bessel zeigte auf einen deutlich roten Stern in der Mitte des Bildschirmes. „Das ist Barnards Stern."

„Das würde auch unsere Freunde aus dem Team Unruh sehr interessieren, könnten wir sie nicht zu uns bitten?" meinte Tom Hell.

„Gerne, ich gebe einen Bordruf durch", stimmte der Astronom zu.

Es dauerte nicht lange, da waren alle im Observatorium versammelt. Steve Falik, der Zukunftsforscher, kam gerade aus der Bibliothek, in der er sich mit einem Buch herumschlug, in dem der Einfluß verschiedener Wellenlängen des Lichtes auf das organische Leben, insbesondere seine Entwicklung, behandelt wurde. Mit Professor Newman kam selbstverständlch auch Mesonyx, der dem Observatorium allerdings kein großes Interesse abgewinnen konnte.
Dr. Bessel deutete auf den Bildschirm: „Dieser rötliche Stern ist Barnards Stern, ein sogenannter roter Zwergstern. Wenn Sie genau hinsehen, werden Sie noch zwei schwache Lichtpunkte in seiner Nähe erkennen, das sind zwei seiner größten Planeten. Auf ihr Vorhandensein wurde schon längst aus den Abweichungen von der geraden Translationsbewegung geschlossen, aber erst unsere Raumteleskope haben sie sichtbar gemacht. Sie waren übrigens die ersten Fixsternplaneten, die ein menschliches Auge sah. Es müssen aber noch andere Planeten um Barnards Stern kreisen, sonst hätten die Astriten die Neandertaler in diesem Planetensystem nicht absetzen können."
„Wieso?" wollte Professor Koenigsfeld wissen.
„Ganz einfach, weil die beiden Planeten zu weit von ihrem Zentralstern entfernt sind, sie sind nicht innerhalb der Ökosphäre."
„Verehrter Herr Doktor", unterbrach ihn Tom Hell, „vergessen Sie nicht, daß Sie es, Gus Nortop und Steve Falik ausgenommen, mit blutigen astronomischen Laien zu tun haben. Drücken Sie sich, wir wären Ihnen sehr dankbar, möglichst gemeinverständlich aus."
Der Astronom machte ein betrübtes Gesicht und kratzte sich am Kopf, noch immer ein Zeichen der Verlegenheit.
„Na schön, werde mich sehr bemühen. Barnards Stern — um ganz von vorne anzufangen, wurde im Jahre 1916 von dem Astronomen Edward Emerson Barnard auf der Yerkes-Sternwarte bei Chikago entdeckt. Er fiel durch seine ungewöhnlich große Eigenbewegung am Himmel auf. In 170 Jahren legte er am scheinbaren Himmelsgewölbe eine Strecke von einem Vollmonddurchmesser zurück. Er ist ein sogenannter Schnelläufer. Und solche sind immer nahverdächtig, das heißt, ihre Entfernung von der Sonne kann nicht sehr groß sein — in astronomischem Maßstab gemessen selbstverständlich."
„Wie rasch bewegt er sich im Raum?" wollte Newman wissen.

„Seine seitliche Bewegung ist mit 88 km je Sekunde sehr beachtlich, die Bewegung auf uns zu ist noch größer, 107 km pro Sekunde. Augenblicklich ist er etwas weniger als 6 Lichtjahre von der Sonne entfernt, er kann den Ruhm für sich in Anspruch nehmen, der zweitnächste Fixstern zu sein. Das war wohl auch der Grund, daß die Astriten die Neandertaler auf einem seiner Planeten abgesetzt haben. Vielleicht war aber noch ein anderer Grund maßgebend. Barnards Stern bewegt sich nahezu senkrecht zur Bewegungsrichtung der Sonne im Raum gegen das Zentrum unseres Milchstraßensystems zu, eine Eigenschaft, die er mit den anderen Schnelläufern teilt. Vielleicht wollten die Astriten die Neandertaler auf einem natürlichen Raumschiff absetzen, das die Nachkommen der Neandertaler gegen die Mitte unseres großen Sternsystems trägt. Wie dem auch sei, wir werden sicher noch einige Überraschungen erleben, je näher wir unserem Ziel kommen."

„Also, wie war das mit der Ö . . .Öko . . .?

„Ökosphäre", half der Astronom dem Frager. „Ja, das ist jene Zone um einen Fixstern, in dem die Bedingungen für organisches Leben, wie wir es kennen, gegeben sind, also Licht und Wärme in erster Linie. Die liegt bei Barnards Stern viel näher an ihm als im Sonnensystem in bezug auf unser Zentralgestirn. Unsere Erde liegt geradezu ideal in der Ökosphäre unserer Sonne. Wir werden bald sehen, wo der bewohnte Planet — wenn er noch bewohnt ist — um den roten Zwerg kreist."

„Eine heitere Bezeichnung. ‚Roter Zwerg' kommt mir wie im Märchen vor", sagte Tom Hell.

„So nennen die Astronomen jene Fixsterne, die viel kleiner als unsere Sonne und an der Oberfläche verhältnismäßig kühl sind. Die Oberflächentemperatur von Barnards Stern liegt bei 3300 Grad."

„Gerade genug, um sich die Finger zu verbrennen", scherzte Gus Nortop, dem die astronomische Vorlesung sichtlich Spaß machte.

„Da er mit seinem Durchmesser von rund hunderttausend Kilometer wirklich nur ein Zwerg ist — unser größter Planet Jupiter würde ihn, was die Größe betrifft, als etwas kleineren Kollegen begrüßen —, ist auch seine Leuchtkraft viel geringer als die der Sonne, nur der 2300ste Teil."

„Unser Reiseziel können wir nicht sehen?“ wollte Steve Falik wissen, „ich meine den Planeten, den wir besuchen wollen.“

„Dazu sind wir noch zu weit entfernt, die beiden Begleiter, die wir auf dem Bildschirm deutlich erkennen können, sind sehr groß, etwa wie unser Jupiter, unser Ziel muß viel kleiner sein, in der Größenordnung der Erde, und wird dem Zentralstern sehr nahe stehen.“

„Eine Frage noch, Doktor, sind Sie ein Nachkomme des berühmten Astronomen Friedrich Wilhelm Bessel, der als erster die Entfernung eines Fixsternes gemessen hat?“ wollte Gus Nortop wissen.

„Ja, ich bin ein Nachkomme der Familie Bessel, ich stamme allerdings nicht direkt von ihm ab, aber er gehört in den Kreis meiner Vorfahren. Wenn er wüßte, daß wir jetzt zu einem Fixsternplaneten fliegen!“

Schweigend blieben die Männer noch eine Weile beisammen, in den Anblick der leuchtenden Lichtpunkte versunken.

17. Kapitel

LOGBUCH „CYGNUS"

Tom Hell als Chronist des ersten interstellaren Raumfluges, den die Bewohner des Planeten Erde gestartet hatten, führte neben einer offiziellen Chronik auch ein privates Logbuch, in das er seine persönlichen Gedanken zu den Geschehnissen eintrug oder auch zu den ereignislosen Zeiten, die es im Raumschiff reichlich gab. Dieses private Logbuch schrieb er noch ganz altmodisch mit einer Schreibmaschine auf Papierbogen. Selbstverständlich führte Commander Bull das vorgeschriebene Logbuch, und auch jeder der an Bord befindlichen Wissenschafter machte genaue Aufzeichnungen. Tom Hells Bordbuch, so wäre es besser zu bezeichnen, hatte jedoch durch die persönliche Note viel mehr Farbe und Aussagekraft als offizielle Aufzeichnungen.

Tom Hell redigierte auch eine Bordzeitung, die einmal wöchentlich erschien, der „Cygnus" war mit einer ganz modernen Druckerei ausgerüstet, und Steve Falik und Gus Nortop betätigten sich in ihrer Freizeit als Drucker. Zur leichteren Archivierung wurde jede Seite des „Interstellaren Merkur", so wurde die Zeitung benannt, nach dem Fotoresistverfahren in Punktgröße auf einer Silikonscheibe verkleinert, und so wurde diese einmalige Dokumentation späteren Generationen aufbewahrt.

Um keine psychischen Ermüdungserscheinungen aufkommen zu lassen, machte Tom Hell Filmaufnahmen — meist unbeobachtet — besonders war er auf komische Szenen aus, die dann bei der Vorführung zur allgemeinen Erheiterung beitrugen. Aber dennoch, die Zeit übte in dieser künstlichen Welt, in der sich an die fünfzig Menschen drängten, ihre Wirkung allmählich, aber mit fortschreitendem Flug immer fühlbarer aus.

165. Tag
„Die Erde ist weit, weit, sie ist bei manchen aus den Gedanken fast völlig entschwunden. Nur in den Träumen kommt sie, wie mir Doktor Honda, unser Psychiater mitteilte, immer häufiger vor. Ich kann sie allerdings nicht ganz vergessen, wenn wir hier, in unserer Miniaturerde, auch alles haben, vom künstlichen Sonnenschein bis zur künstlichen Mondnacht. Schrecklich ist nur die Öde des Raumes und seine Leere, von der wir nur durch die Bordwand getrennt sind. Auf der Erde haben wir einen Horizont, haben Berge und über uns — zwischen unserem Lebensraum und der Leere des Alls — sind einige hundert Kilometer Atmosphäre, Troposphäre, Stratosphäre, Ionosphäre und Exosphäre. Wir sind jedoch mit einem Schritt mitten drinnen in der Leere.
Unsere Bordphysiker Nikitin und Nortop haben versucht, die interstellare Materie einzufangen, um sie möglicherweise für die Photonentriebwerke nützen zu können. Wie mir Nortop allerdings verraten hat, ein schwieriges Unternehmen, wenn in einem Kubikzentimeter im Durchschnitt kaum ein Atom zu erwarten ist. Auch das läßt unsere ‚materielle' Einsamkeit erahnen."

182. Tag
„Jetzt sind wir schon ein halbes Jahr unterwegs. Barnards Stern ist nur unwesentlich heller geworden, das scheint bedrückend. Heute hat sich ein ernsthafter Zwischenfall ereignet, ein erstes Anzeichen interner Spannungen. Cyrus H. Hunter, nach Commander Bull der erste Offizier an Bord, prahlte beim Essen mit seinen Vorfahren, die als Pioniere in den Mittelwesten gezogen waren, in die Weite der Prärien. Ich habe noch seine Worte in den Ohren:
‚Das waren noch Zeiten, lustige Zeiten, da konnte ein Mann zeigen, aus welchem Holz er geschnitzt war. Ein toter Indianer war ein guter Indianer, und Büffel gab's da zum Schießen. Die Weite der Prärie war nicht so eine Öde wie da um uns, wo es nichts zum Jagen gibt!'
Während er so sprach, blickte ihn Oluf Raanes, unser Navigator, schon schief an. Oluf Raanes, das möchte ich hier festhalten, ist eine gewinnende Persönlichkeit. Er stammt von den Lofoten, ein geborener Wikinger, und so sieht er auch aus, groß, blond und mit ver-

träumten blauen Augen, die immer in die Ferne zu blicken scheinen. Er erinnert mich an den berühmten Polarforscher Nansen, von dem ich einmal in einem alten Buch gelesen habe.
‚Ja damals', fuhr Hunter fort, ‚führten die Eisenbahngesellschaften Sonderzüge in die Prärie, ganz nahe an die Büffelherden heran, da war es eine Lust hineinzuknallen, einfach vom Waggonfenster aus . . .'
‚Das war Mord, ganz gemeiner Mord!' Oluf Raanes war aufgesprungen, er konnte sich vor Erregung kaum beherrschen. Hunter zuckte die Schultern: ‚Ansichtssache, zugegeben, ganz waidgerecht war es gerade nicht, aber den Männern damals war ein Büffel in Ermangelung einer Rothaut ganz recht.'
‚Das kann ich nicht verstehen, ich bleibe dabei, es ist Mord, vorbedachter Mord, Tiere nur zum Vergnügen zu töten. Was geschah mit den toten Büffeln?'
‚Nichts, sie blieben liegen!' sagte Hunter unbewegt.
‚Um so schlimmer, waren das überhaupt Menschen, die so etwas fertigbrachten?' Oluf Raanes blickte mit Verachtung auf Cyrus Hunter.
‚Im übrigen, Commander', Cyrus Hunter wandte sich an John F. Bull, ‚wäre es höchste Zeit, unsere Speisekarte mit frischem Fleisch aufzubessern. Ich finde überhaupt, daß wir zu sehr mit den Produkten unserer Hydroponik und aus dem tropischen und gemäßigten Park gefüttert werden. Und dann dieses strikte Alkoholverbot, ein Schluck Whisky könnte die Stimmung heben, manchmal hätte ich es sehr nötig.'
Commander Bull blickte ihn mißbilligend an: ‚Jetzt sind Sie einmal an Bord und müssen sich den Gegebenheiten fügen. Sie hätten es sich früher überlegen können!' Dann fügte er mit eisiger Schärfe hinzu: ‚Ich werde unter keinen Umständen eine Disziplinlosigkeit dulden, das gilt für jeden an Bord, ohne Ausnahme. Und was das frische Fleisch betrifft, so glaube ich, Sie verstanden zu haben. Sie denken wohl an eine Jagd im Park, schlagen Sie sich das aus dem Kopf, an Bord des »Cygnus« sind die Tiere unsere Gefährten, und keiner dieser Gefährten soll ums Leben kommen, um einem Menschen ein Vergnügen zu bereiten. Nur was unbedingt sein muß, darf geschehen.'
Dann setzte der Commander in versöhnlicherem Ton fort: ‚Es geht um das Gelingen unserer Expedition, wir müssen alle alles daran-

setzen, uns von menschlichen Schwächen frei zu halten. Wir müssen nicht nur die vorgeschriebene Disziplin einhalten, sondern jeder muß darüber hinaus eiserne Selbstdisziplin wahren. Ich glaube, meine Herren, Sie haben mich verstanden!'
Alle nickten zustimmend, nur Cyrus Hunter brummte, aber so, daß es Oluf Raanes gerade noch hören konnte: ‚Gefühlsduselei!' Dieser tat jedoch so, als ob er es nicht gehört hätte, sicher nahm er sich aber vor, die Augen offenzuhalten."

736. Tag

„Die gesamte Besatzung des ‚Cygnus' war im Gemeinschaftsraum versammelt. Die Automaten waren für die Dauer der Feier sich selbst überlassen, sie steuerten zuverlässig das Raumschiff und die Geräte an Bord. Dieser Tag wurde von allen mit Sehnsucht erwartet, er sollte doch im wahrsten Sinne des Wortes eine Wende bringen. Commander Bull hielt eine kurze Ansprache:
‚Es ist Halbzeit! Die Hälfte des Weges zu Barnards Stern haben wir bereits zurückgelegt. Ich danke Ihnen, daß Sie, von kleinen Unzukömmlichkeiten abgesehen, meine seinerzeitigen Worte beherzigt haben, nun, da wir uns dem Ziel nähern und die Sonne weiter ist als jener rote Zwerg, dessen Bereich wir besuchen werden, wollen wir unsere Gedanken ganz auf unsere Aufgabe richten. Aber noch stehen uns zwei Jahre Leben in dieser kleinen, von Menschenhand geschaffenen fliegenden Insel im Weltraum bevor. Denken wir immer an unser Ziel, dann werden auch diese beiden Jahre im Fluge vergehen. Dann erst werden wir wieder — ob mit oder ohne Raumanzug — festen, natürlich gewachsenen Boden unter unseren Füßen haben und einer natürlichen Schwere unterworfen sein, nicht einem aus Beschleunigung oder Verzögerung geborenen Gefühl des Gewichtes.' Commander Bull machte eine kurze Pause, dann fuhr er fort.
‚Wir haben uns so weit der Lichtgeschwindigkeit genähert, daß wir mit freiem Auge in der Fahrtrichtung und in der Richtung zurück blind geworden sind. Wir können die Sonne, unsere Sonne, nicht sehen, ebensowenig wie unser Ziel, das Planetensystem von Barnards Stern. In der Fahrtrichtung sind alle Wellenlängen so verkürzt, daß alle Sterne für unser Auge erloschen sind, in der Gegenrichtung ist der

gleiche Effekt eingetreten, aber durch die Vergrößerung der Wellenlängen. Das wird sich nun langsam ändern. Wir wenden jetzt den »Cygnus« um 180 Grad', der Commander blickte auf die Uhr, ‚gleich wird das Manöver beginnen, das Photonentriebwerk wird sich ausschalten, der Steuerkreisel das Schiff so drehen, daß die Düsen im Flug voran sind und wir dann mit mehr als 1 g Verzögerung fliegen, sodaß wieder die gleichen Schwereverhältnisse eintreten.'

Wie mit Zaubermacht schwand das Gefühl des Gewichtes, und wir wurden alle schwerelos, das Drehen des ‚Cygnus' spürten wir nicht, es ging so langsam vor sich, daß sich die Fliehkraft im inneren Teil des Raumschiffes, in dem wir uns befanden, nicht bemerkbar machte. Dann fühlten wir uns wieder allmählich von Schwere ergriffen, und alles schien, so wie es früher gewesen war. Den Abschluß der Halbzeitfeier bildete ein Besuch im Außenobservatorium, zu dem uns der Commander einlud. Es war ein ganz großes Erlebnis. Der Besuch fand in drei Gruppen statt, ich entschied mich für die letzte, denn ich wollte mich mit dem Bordastronomen noch ein wenig unterhalten. Das Außenobservatorium ist ein merkwürdiges Gebilde, eine Kombination von Kugel und Zylinder, durch ein starkes Kabel an einem langen, seitlich ausgeschwenkten Arm mit dem ‚Cygnus' verbunden. So wurde für die Insassen durch das Raumschiff möglichst wenig vom Himmel verdeckt. Im zylindrischen Ansatz befanden sich die Luftschleuse, die Klimaanlage und ein Triebwerk für den Fall des Falles, daß sich das Observatorium durch ein technisches Gebrechen vom ‚Cygnus' lösen sollte. Wir hatten die Raumanzüge angelegt und schwebten mit den Handmanövriergeräten, mit denen alle vertraut waren, zum Observatorium. Dort empfing uns Dr. Bessel als Hausherr.

Bis auf den Teil, den die Bodenplatte und der ‚Cygnus' verdeckten, hatten wir freie Sicht. Ich kam mir wie in der Mitte eines riesigen Sternenkranzes vor, denn sowohl in der Fahrt- als auch in der Gegenrichtung gähnte ein absolut schwarzer Himmel.

‚Sieht aus wie ein Tor in eine andere Welt, in ein undurchdringliches Geheimnis', meinte Gus Nortop, der mit von der Partie war.

‚Aber auch dort, von wo wir kommen, ist das gleiche undurchdringliche Dunkel. Versinnbildlicht dieser Flug mit nahezu Lichtgeschwindigkeit nicht unser Leben? Wir kommen aus undurchdringlichem Dunkel und gehen durch ein schwarzes Tor', philosophierte Oluf Raanes. ‚Aber freuen wir uns an dem Regenbogen von Sternen, der uns umgibt, er ist die Gegenwart, er bedeutet das bunte Leben!' lenkte der Astronom von der grüblerischen Stimmung ab. Er war in seinem Element, für ihn bedeutete alles nur die Bestätigung der Gesetze, die die Physiker und Astronomen gefunden hatten. Er erklärte zum dritten Male die Wunder des Tunnels zwischen den Sternen und des Regenbogens, der sich um uns, die wir uns in seinem Mittelpunkt wähnten, spannte. Den beiden vorhergegangenen Gruppen hatte er bereits die Ursachen dieser Phänomene anschaulich dargelegt.

‚Der Regenbogen spannt sich wie ein Reifen, der senkrecht auf unsere Fahrtrichtung steht, um den »Cygnus«. In der Fahrtrichtung kommen erst jene Sterne zum Vorschein, die genügend weit vom Zielpunkt entfernt sind, daß die Blauverschiebung ihres Lichtes nicht außerhalb des sichtbaren Spektrums fällt. Die Sterne, die gerade in der Ebene senkrecht zu unserem Kurs stehen, haben keine durch unseren Flug verursachte Radialbewegung, daher erscheinen sie in ihrem natürlichen Licht. Blicken wir zurück, dann spielt sich der umgekehrte Vorgang ab, die uns erreichenden Wellen des Lichtes werden, je weiter ein Stern von der senkrechten Ebene entfernt ist, gegen das rote Ende des Spektrums verschoben, bis sie schließlich ins unsichtbare Infrarot kommen. So bildet sich ein Sternenbogen, dessen Farben von Violett bis Dunkelrot das ganze Spiel eines Regenbogens durchlaufen.'

‚Es ist unfaßbar schön!' meinte Steve Falik, und ich mußte ihm zustimmen.

‚Wie lange werden wir diesen Sternenregenbogen noch sehen können?' wollte Oluf Raanes wissen.

‚Das müßte ich erst durch den Computer feststellen lassen', erklärte der Astronom, ‚aber ich denke es genügt, wenn ich sage, daß die schwarze Kreisscheibe, in die wir hineinfliegen, immer kleiner wird, je mehr sich unsere Geschwindigkeit verringert, das gleiche gilt für die gegenüberliegende Seite des Tunnels, und wenn sich auf beiden Seiten wieder die Sterne schließen, vorne blau strahlend, gegenüber rot glimmend, dann sind wir unserem Ziel schon nahe.' "

18. Kapitel

PLANET X IN SICHT

Fast vier Jahre waren seit dem Start von der Erde vergangen, Barnards Stern erschien zwar noch nicht als Scheibe, aber er war bereits der hellste Stern und leuchtete wie ein an den Himmel gezauberter Blutstropfen. Der „Cygnus“ hatte längst wieder das Ionentriebwerk eingeschaltet und näherte sich mit einer Geschwindigkeit, wie sie bei interplanetaren Flügen im Sonnensystem üblich ist, seinem Ziel, in jeder Sekunde um 40 km. Der „Cygnus“ hätte damit die Strecke von der Erde zum Mond in weniger als drei Stunden zurückgelegt. An Bord herrschte eine gehobene Stimmung, die Bedrücktheit, die sich in der Eintönigkeit des Raumfluges allmählich eingeschlichen hatte, trotz aller Gegenmaßnahmen wie Konzerte, wissenschaftlicher Kurse, Lesungen, Theatervorführungen, Raumspaziergängen und Zirkusvorstellungen mit den Tieren in den beiden Parkanlagen, war mit der Annäherung an das Ziel schlagartig geschwunden. Nur Cyrus H. Hunter, der immer einsilbiger und mürrischer geworden war, wurde von der guten Stimmung nicht ergriffen.

Commander Bull, Oluf Raanes, der Bordastronom Bessel, Gus Nortop, Steve Falik und Tom Hell waren im Bordobservatorium versammelt. Das Spiegelteleskop war gegen das System von Barnards Stern gerichtet. Auf dem Bildschirm erschien zuerst Begleiter 2, wir wollen ihn B 2 nennen, und dann Begleiter 1, B 1. „Diese beiden Planeten kommen als Aufenthalt für Menschen, das wissen wir bereits längst, nicht in Betracht. Es sind recht kalte und unfreundliche Welten. Sie haben nur sehr dünne Atmosphären, vielleicht können wir auf dem Rückflug dort kurz Station machen, aus rein wissenschaftlichem Interesse.“ Doktor Bessel ließ das Bild wandern. „Aber hier, da, das muß er sein, der Planet, auf den wir Jagd machen!“

Alle blickten gebannt auf den Bildschirm, auf dem das Objekt immer größer wurde, da der Astronom die Vergrößerung steigerte.

„Haben wir aber Glück!“ rief Steve Falik aus, „es geht alles, wie wir gehofft haben. Zweifellos ein bewohnbarer Planet.“
„Annähernd hat er die Größe der Erde, aber keinen Mond“, erläuterte der Astronom, „eine Atmosphäre ist vorhanden, sogar mit Wolken, da, sehen Sie, die hellen Zonen, das sind Wolkenfelder . . .“
„Und das muß Wasser sein!“ Tom Hell deutete aufgeregt auf dunkle Gebiete.
„Wenn mich nicht alles täuscht, da . . . das sieht wie bebautes Land aus!“ Oluf Raanes zeigte auf eine grün gesprenkelte Fläche.
Im Augenblick herrschte eine andächtige Stille, dann meinte Commander Bull: „Erstes Leben, das wir außerhalb unseres Sonnensystems antreffen. Aber ob es wirklich außerirdisches Leben ist, das wird sich erst zeigen. Wenn die Botschaften richtig verstanden wurden, die uns die Astriten hinterlassen haben, dann handelt es sich nur um von der Erde verpflanztes Leben!“
„Warum sagen Sie nur?“ warf Gus Nortop ein, „Ist ein von der Erde verpflanztes Leben weniger als ein auf einem anderen Planeten entstandenes? Ich würde sagen im Gegenteil, denn wir stehen vielleicht vor dem Ergebnis des größten Experimentes, eines kosmischen Experimentes!“
„Dessen Vollendung uns die Astriten großmütig überlassen haben“, fügte Steve Falik hinzu.
„Ob großmütig, das wird sich erst erweisen, ich möchte nicht voreilig urteilen!“ meinte Gus Nortop.
„Jedenfalls bin ich schon sehr auf die Landung gespannt“, Oluf Raanes blickte aufmerksam auf die von rosigem Schimmer übergossene Welt, auf die ihr Raumschiff zuzustürzen schien. Commander Bull schwebte der Tür zu. Seit sie in den Bereich des Planetensystems von Barnards Stern eingeflogen waren, bewegten sie sich antriebslos, und im „Cygnus“ herrschte, sehr zur Freude Professor Newmans, allgemeine Gewichtslosigkeit. Der Commander drehte sich um und sagte zu Oluf Raanes: „Für die Landung ist ohnehin der Navigator zuständig, also tun Sie Ihr Bestes!“
Die Radargeräte des „Cygnus“ spielten gleich lauschenden Ohren, die Empfänger tasteten die ganze Skala der Wellenlängen ab, alles technische Personal war auf dem Posten. Nur die Professoren Newman

und Koenigsfeld sowie Steve Falik, Tom Hell und die drei Ärzte waren im Raumschiffgarten im tropischen Park beisammen.

„Bis jetzt haben wir noch kein Anzeichen einer technischen Intelligenz bemerkt, unsere Empfänger haben keine Funksignale empfangen, unsere Radargeräte kein fremdes Raumschiff aufgespürt, es ist, als ob wir auf einem Planeten landen würden, der . . ."

„Auf der Stufe der Neandertaler steht", unterbrach Tom Hell.

„Sie vergessen aber", warf Professor Koenigsfeld ein, „daß die Neandertaler — wenn alles stimmt, was wir annehmen — von einer technisch ungemein hoch entwickelten Intelligenz hieher gebracht wurden. Mich würde es nicht wundern, wenn diese Intelligenz hier noch einen Stützpunkt hätte, andererseits könnte es doch auch möglich sein, daß sich die Neandertaler auf diesem Planeten in 50.000 Jahren ähnlich entwickelt haben wie die Menschen auf der Erde."

„Alles Spekulationen", mischte sich Professor Newman ins Gespräch und pflückte eine Banane, wogegen ein Papagei kreischend protestierte, was wie „Dieb" klang.

„Auf alle Fälle sind Vorsichtsmaßnahmen gerechtfertigt, denn es könnte leicht möglich sein, daß jemandem ein Besuch aus dem Weltraum unerwünscht ist, denn niemand, wir ausgenommen, kennt unsere guten Absichten!" sagte der Zukunftsforscher.

„Bald werden wir mehr wissen, und dann können die Herren mit Ihren Untersuchungen beginnen!" Tom Hell meinte den Paläontologen und den Prähistoriker.

„Einige Zeit werden wir uns noch gedulden müssen, denn als Arzt ist es meine Pflicht, über die Gesundheit der Besatzung zu wachen", mischte sich Doktor Scarpa ins Gespräch. „Der Kollege Sedlak wird mir beipflichten, ebenso Kollege Honda." Die beiden Apostrophierten nickten zustimmend.

„Im Gegensatz zum Erdmond und den Planeten des Sonnensystems, die sich als vollkommen steril erwiesen, liegt hier die Situation ganz anders. Wenn hier tatsächlich Nachkommen der Neandertaler leben, aber auch dann, wenn irgendein organisches Leben sich auf diesem Planeten entwickelt hat, müssen wir erst feststellen, ob nicht dem Menschen gefährliche Erreger vorhanden sind. Eine Quarantäne wird sich nicht vermeiden lassen", erklärte Doktor Scarpa.

„Das wird eine arge Geduldprobe sein“, bedauerte Tom Hell, der am liebsten schon auf dem Planeten gelandet wäre. „Mir fällt etwas ein, ich muß den Astronomen etwas fragen.“
Tom Hell schwebte aus dem tropischen Park und suchte den Astronomen auf: „Doktor Bessel, als Astronom sind Sie doch zuständig dafür, unser Planet hat noch keinen Namen, wir können ihn aber doch nicht namenlos in die Geschichte eingehen lassen, was käme nach Pluto in Frage?“
Der Astronom schüttelte den Kopf. „Mein lieber Freund, so schnell geht das nicht, ich begnüge mich vorläufig, diesen Planeten einfach B 3, Begleiter 3, zu nennen, wenn ich auch neben B 1 und B 2 noch andere, kleinere Planeten von Barnards Stern entdeckt habe. Die sollen B 4, B 5 und B 6 heißen. Wie gesagt, alles vorläufig. Wir können unserem Planeten doch keinen Namen geben, bevor wir nicht wissen, ob er nicht schon einen Namen hat!“
„Wieso?“ wollte Tom Hell wissen.
„Ganz einfach, wenn die Nachkommen der Neandertaler den Planeten bevölkern, dann werden sie ihm gewiß einen Namen gegeben haben, wozu sollen wir uns den Kopf zerbrechen und einen neuen suchen?“ Das leuchtete Tom Hell ein, obwohl er es im stillen bedauerte, um eine Taufzeremonie gekommen zu sein, die in seiner Chronik entsprechende Würdigung gefunden hätte.
Da erklang in der Kommandozentrale der Lautsprecher:
„An Commander. Hier Bordfunker vom Dienst. In enger Umlaufbahn um den Planeten kleines Objekt geortet. Wiederhole, in enger Umlaufbahn um den Planeten kleines Objekt geortet!“
Commander John F. Bull handelte schnell.
„An Oluf Raanes, ‚Cygnus‘ auf halbe Fahrt!“
„Verstanden!“
„An Bordastronom Bessel, Objekt sofort mit stärkster Vergrößerung untersuchen!“
„Verstanden!“
Der Astronom begab sich sogleich auf die Suche nach dem Objekt, während Commander Bull gespannt auf Nachricht wartete.
„Objekt noch zu weit entfernt, auch bei stärkster Vergrößerung nicht deutlich zu erkennen, scheint jedoch kein natürliches Gebilde zu sein.“

19. Kapitel

AUF SPÄHTRUPP

Der Bordastronom Dr. Bessel hatte bei weiterer Annäherung eine merkwürdige Feststellung gemacht. Der Planet B 3 wurde von drei Kleinkörpern umkreist, davon waren zwei natürliche Zwergmonde, wie im Sonnensystem die beiden Marsmonde, der dritte hingegen ohne Zweifel ein künstliches Gebilde. Einen großen Mond wie die Erde besaß B 3 nicht. Oluf Raanes, der das Objekt auf dem Bildschirm im Observatorium betrachtete, meinte:

„Ich halte das Ding für eine Art Fähre oder Raumpendler. Das beweist, daß wir tatsächlich auf der richtigen Spur sind. Die Astriten werden mit ihren interstellaren Raumschiffen genauso wenig wie wir direkt auf dem Planeten gelandet, sondern außerhalb seiner Atmosphäre in eine Kreisbahn eingeschwenkt sein. Von dort aus benützten sie einen Raumpendler, und um einen solchen dürfte es sich bei dem Objekt handeln."

„Das deutet darauf hin, daß die Astriten den Planeten öfter besucht haben. Um den Raumpendler nicht immer mitführen zu müssen, ließen sie ihn nach der Rückkehr in ihr Raumschiff in einer Kreisbahn um B 3 zurück", setzte Steve Falik die Überlegungen fort.

„Die Frage ist nun die, ist der Raumpendler bemannt oder längst verlassen?"

„Davon müssen wir uns überzeugen, ich vermute, er ist ohne Leben, da es bisher zu keiner Kontaktaufnahme gekommen ist." Commander Bull überlegte einen Augenblick, dann gab er seine Befehle:

„Wir schwenken in eine Kreisbahn um B 3 ein, in der doppelten Entfernung wie das Objekt, Kapitän Cyrus Hunter und drei Mann begeben sich im Raumboot I zu dem Objekt und versuchen unter Einhaltung aller Vorsichtsmaßnahmen, dessen Natur zu klären." Dann fügte er, mehr zu sich selbst gesprochen, hinzu: „Der Auftrag dürfte Ihren Jagdgelüsten vielleicht etwas entgegenkommen!" Dann etwas lauter:

„Im Falle eines Falles nur als allerletzten Ausweg Gewaltmaßnahmen ergreifen!"
„Verstanden, Commander!" sagte Cyrus Hunter förmlich und ging daran, seinen Auftrag auszuführen. Das Raumboot löste sich vom „Cygnus" und nahm Kurs auf das geheimnisvolle Objekt. Die Sprechverbindung blieb während der Dauer des Unternehmens selbstverständlich immer aufrecht, außerdem hatte Hunter eine Fernsehkamera zur Verfügung, mit deren Hilfe er Nahaufnahmen des Objektes in die Kommandozentrale des „Cygnus" übertragen konnte. Dort warteten der Commander, die Techniker und Wissenschafter gespannt auf die Meldungen.
Es dauerte nicht lange, und das Raumboot war in unmittelbare Nähe des Objektes gekommen.
„Es scheint wie ausgestorben. Die Vermutung, daß es sich um einen Raumpendler handelt, grenzt an Gewißheit, denn das Objekt hat, wenn auch nur kleine, so doch deutlich erkennbare Tragflächen und Steuerorgane für einen Flug innerhalb einer Atmosphäre. Auch die langgestreckte Form weist darauf hin."
„Hat das Ding Fenster?" fragte Commander Bull.
„Ja, im vorderen Teil sogar vier, nach allen Richtungen senkrecht zur Längsachse, ich versuche hineinzublicken, aber leider, es ist nichts zu sehen, sie sind undurchdringlich. Meine beiden Begleiter suchen den Einstieg, nur wenn es gelingt, diesen zu öffnen, werden wir mehr erfahren können. Allem Anschein nach ist der Flugkörper entweder verlassen oder die Insassen sind nicht mehr am Leben."
„Ist der Einstieg schon gefunden?" wollte der Commander wissen.
„Ja, meine Begleiter haben etwas Kreisförmiges in der Mitte entdeckt, aber da außen außer einem kaum sichtbaren Spalt nichts vorhanden ist, was auf eine Handhabe deuten könnte, vermute ich, daß die Ausstiegs- oder Einstiegsluke nur von innen zu öffnen ist. Sollen wir versuchen, die Luke aufzuschweißen? Dazu müßten Sie uns allerdings das nötige Gerät vom ‚Cygnus' schicken!"
„Warten Sie noch", sagte Gus Nortop, „lassen Sie mich die Umgebung des Einstieges einmal genau ansehen. Wenn er von außen auf mechanischem Weg nicht zu öffnen ist, ich halte das für eine geniale Sicherheitsmaßnahme, dann wird ein Funksignal einen Öffnungs-

mechanismus im Innern auslösen. Wenn wir den Schlüssel wüßten, könnten wir, ohne das Ding zu beschädigen, uns Eintritt verschaffen." Hunter tastete die Umgebung des Einstieges mit der Fernsehkamera ab. „Halt!" rief plötzlich Gus Nortop, „da sind doch Zeichen zu erkennen, da, ja an der Außenwand. Moment!"

Gus Nortop zeichnete diese Zeichen ab, es waren nicht viele, dann betrachtete er den Notizblock und ließ seinen sechsten Sinn spielen. Plötzlich erwachte er wie aus einer Trance und rief, gegen seine gewohnte Ruhe, erregt: „Ich glaube, ich hab's! Meine Vermutung ist richtig, das Objekt läßt sich von außen nur durch eine Kombination von Funksignalen öffnen, von vier Frequenzen in bestimmter Reihenfolge und bestimmter Dauer. Wahrscheinlich haben die Astriten die Zeichen zu dem Zweck angebracht, einem ihrer Raumschiffe, falls die Besatzung den Code nicht mehr zur Verfügung haben sollte, den Einstieg zu ermöglichen!"

Gus Nortop begann dem Bordcomputer Daten einzugeben, dann — als er die Ergebnisse erhielt, gab er dem Bordfunker Anweisung: „Richten Sie den Funkstrahl auf das Objekt. Versuchen wir es einmal so." Und dann nannte Gus Nortop bestimmte Wellenlängen und Intervalle, wobei er gespannt auf den Bildschirm blickte, auf dem die Luke des Objektes zu sehen war, doch nichts rührte sich dort. Nochmal programmierte er den Computer und murmelte: „Diesmal müßte es klappen!" Nochmals gab er dem Bordfunker Daten durch, und tatsächlich — alle waren sprachlos, nur Tom Hell rief Hurra —, langsam schob sich die Kreisscheibe nach außen und gab den Einstieg in das Objekt frei.

Captain Hunter stieg als erster ein, ihm folgte der eine seiner Begleiter, der andere blieb außen auf Posten. In der Kommandozentrale herrschte nervöse Spannung, die sich erst teilweise löste, als Hunter wieder auf dem Bildschirm erschien und berichtete: „Ich kann leider nicht viel sagen. Wir sind in eine Art Luftschleuse gekommen, ich wage es aber nicht, irgend etwas zu betätigen, es wäre denkbar, daß ich dann eingeschlossen wäre. Wenn jedoch Physiker Nortop zu mir käme, würde es bei seinen Fähigkeiten möglich sein, das Ding nicht nur zu beherrschen, sondern damit auch auf B 3 zu landen. Ich erwarte weitere Befehle!"

Commander Bull blickte auf Gus Nortop. Dieser nickte nur. Das hieß, er war mit Hunters Vorschlag einverstanden.
„Raumboot 2 klar zum Start!" befahl Commander Bull. Da meldete sich Tom Hell zu Wort: „Commander, ich bitte, mit von der Partie sein zu dürfen, schließlich ist es doch meine Aufgabe, bei allen wichtigen Ereignissen dabei zu sein, um als Chronist aus eigener Anschauung und objektiv über alles zu berichten!"
„Einverstanden!" willigte der Commander ein.
Alle, die das Geheimnis des Objektes lüften sollten, Captain Hunter, Gus Nortop und Tom Hell, trugen ihre Quarantäne-Masken unter dem Raumanzug. Vorsicht schien im Innern des Objektes am Platze zu sein. Gus Nortop hatte einen Satz verschiedener Werkzeuge und Probiergeräte mitgenommen. Unverzüglich gingen sie an die Arbeit. An einem Kabel führten sie ein Sprechgerät mit, das an den Sender von Raumboot 2 angeschlossen war, denn aus dem Innern des Objektes direkt zu senden, war unmöglich, die Wände ließen keine elektromagnetischen Wellen durch. Die Untersuchung des Materials blieb einem späteren Zeitpunkt überlassen.
Die beiden Raumboote blieben als Begleiter des Objektes in geringem Abstand in dessen Bahn. Da der „Cygnus" wesentlich langsamer um den Planeten B 3 kreiste, eilte ihm das Objekt voran und verschwand von Zeit zu Zeit hinter dem Planeten, wobei die Verbindung für einige Zeit abbrach, bis das Objekt wieder hinter B 3 auftauchte.
„Gus Nortop ist es gelungen, den Mechanismus für das weitere Vordringen in das Objekt zu finden", meldete sich Tom Hell. „Es ist ein unheimliches Gefühl, in dieser von fremden Intelligenzen geschaffenen Konstruktion sich vorzutasten. Jeden Augenblick sind wir auf neue Überraschungen gefaßt. Alles scheint sehr klug und logisch angeordnet zu sein, für ein Genie wie Gus Nortop mit seinen über den normalen Verstand hinausreichenden Sinnen anscheinend nicht schwerer zu enträtseln als ein Kreuzworträtsel. Ich schließe, da wir für den ‚Cygnus' gleich hinter B 3 verschwinden werden. Auf Wiederhören nach einem halben Umlauf!"
Gespannt — die Zeit schien zäh zu tropfen — wartete Commander Bull auf die Wiederaufnahme der Verbindung. Der Astronom beobachtete vom Bordobservatorium das Wiederauftauchen des Objektes.

Zu seiner größten Verwunderung kamen zu dem vorausberechneten Zeitpunkt aber nur die beiden Raumboote zum Vorschein, das Objekt war verschwunden. Commander Bull verfolgte die Ereignisse auf dem Bildschirm in der Kommandozentrale. Sofort richtete er eine Anfrage an die Raumboote, die nun allein um B 3 kreisten:
„Wo ist das Objekt, geben Sie sofort Bericht. Ende!"
Die Antwort ließ nicht lange auf sich warten: „Captain Hunter hat, gleich nachdem wir außer Sicht des ‚Cygnus' kamen, die Kabelverbindung mit Raumboot 2 gelöst, wir können daher nur berichten, was wir von unserem Standpunkt aus sahen. Der Eingang zu dem Objekt wurde geschlossen, dann geschah eine Weile nichts, wir kreisten in Formation um B 3, doch plötzlich schien Leben in das Objekt zu kommen, es blieb in der Bahn zurück und begann sich B 3 zu nähern, anscheinend ist es gelungen, ein Bremstriebwerk zu zünden. Wir konnten nur sehen, daß das Objekt immer tiefer sank, die Entfernung von uns wurde immer größer, ohne optische Instrumente haben wir es aus den Augen verloren, doch mit unseren Radargeräten konnten wir es noch eine Weile orten, bis es für uns, schon nahe an der oberen Grenze der Atmosphäre von B 3, hinter dem Planeten verschwand. Vielleicht ist es jetzt für den ‚Cygnus' in Sicht. Ende!"
Die im Kommandoraum Versammelten sahen einander verwundert an.
„Mit Cyrus Hunter stimmt etwas nicht", ergriff Oluf Raanes als erster das Wort, „ich hätte ihn, ehrlich gesagt, nicht mit dieser Aufgabe betraut."
„Ich dachte, eine solche Mission würde ihn wieder ins Gleichgewicht bringen, der bisher gehemmte Tatendrang sollte sich lösen ..." erklärte der Commander.
„Möglich, daß er sich gelöst hat, aber nicht so, wie Sie es vielleicht erwartet haben", schaltete sich der Psychiater Honda in die Diskussion ein. Der Japaner lächelte vor sich hin: „Vielleicht hat er sich selbständig gemacht, sucht das große Abenteuer, das ihm bisher verwehrt wurde, verdrängte Jagdkomplexe können in solchen Situationen ausbrechen ..."
„Um Gottes willen!" rief Oluf Raanes. „Er wird doch nicht auf B 3 landen wollen, das könnte furchtbare Folgen haben."

„Können wir ihn in dieser Situation daran hindern?“ fragte der Bordastronom, der im Observatorium alles mit angehört hatte.

„Wir nicht, aber Gus Nortop und Tom Hell“, meinte der Commander.

„Hoffentlich tun sie es auch“, fügte Oluf Raanes zweifelnd hinzu. Unerträgliche Spannung herrschte auf dem „Cygnus“, da meldete der Bordastronom: „Das Objekt in Sicht!“ Tatsächlich kam es immer näher, und ein Funkspruch löste die Spannung. Gus Nortop meldete nur lakonisch: „Alles o. k. Alles Nähere an Bord des ‚Cygnus‘! Ende.“

20. Kapitel

TOM HELL BERICHTET

Das Objekt legte an der großen Einstiegsschleuse an. Als erster entstieg Kapitän Cyrus Hunter und tat so, als ob nichts gewesen wäre; nachdem er den Raumanzug abgelegt hatte, begab er sich in seinen Wohnraum. Gus Nortop und Tom Hell, die dem Commander durch Zeichen zu verstehen gegeben hatten, Cyrus Hunter nicht weiter zu beachten, erstatteten sogleich Bericht.

„Die erste wichtige Feststellung war das Vorhandensein einer atembaren Atmosphäre von reinem Sauerstoff. Wir hatten den Eindruck, daß die Luft etwas abgestanden roch, die Erklärung dafür sollte sich bald herausstellen. Wir untersuchten das Objekt und fanden es vollkommen verlassen, aber in betriebsfähigem Zustand. Die technischen Anlagen waren klar überschaubar und auch mit einer leichtverständlichen Symbolik beschriftet. So war es nicht schwer, die Lufterneuerung in Gang zu setzen und auch das Triebwerk zu bedienen."

„Fanden Sie einen Anhaltspunkt, wann das Objekt zum letzten Male benützt wurde?" wollte Commander Bull wissen.

„Ja, wir fanden so etwas wie eine Strahlungsuhr. Ich nehme an, daß sie mit Curium 245, das uns schon auf der Erde begegnete, beschickt ist, und da die Halbwertszeit dieses Elementes bekannt ist, läßt sich leicht die Zeit bestimmen, die seit dem Einstellen der Uhr vergangen ist."

„Und was haben Sie herausgefunden?" fragte der Commander.

„Auf den Tag genau kann ich es nicht sagen, aber es werden so ungefähr 5000 Jahre sein ..." Der Commander lachte. „Da ist es beigreiflich, daß Ihnen die Luft, selbst durch die Quarantänemaske, abgestanden vorkam. Aber was war mit Captain Hunter?"

„Er schien wie ausgewechselt. Er war mit Energie geladen", setzte Tom Hell den Bericht fort. „Ich habe immer ein Mini-Tonbandgerät bei mir, für einen Reporter ein unentbehrliches Gerät, das schalte ich in entscheidenden Augenblicken dann ein. Am besten, Sie hören selbst, was sich im Innern des Objektes abgespielt hat. An den Stimmen werden Sie erkennen, wer jeweils spricht. Ich schalte auf Wiedergabe."

„Ein phantastisches Bild, dieser Planet, die Pole von mächtigen Eis- und Schneekappen bedeckt, dazwischen farbenprächtige Zonen. Aber zum Unterschied von der Erde ist es kein blauer Planet, sondern ein lilafarbener. Die dunklen Flecke müssen Wasserflächen sein, die hellen verschiedenfarbene Landflächen."

„Können Sie das Triebwerk in Gang bringen?"

„Ich werde es versuchen!"

„Großartig, Gus Nortop, Sie sind wirklich ein Genie und zu Großem geboren. Wir sollten zusammenarbeiten. Hören Sie, steuern Sie den Planeten an, von hier heroben können wir noch nicht erkennen, ob der Planet bewohnt ist oder nicht!"

„Wir haben keine Order dafür, wir hatten nur den Auftrag, die Natur dieses Objektes zu erforschen, und das haben wir somit getan!"

„Niemand kann uns verwehren, im Rahmen der Order das Triebwerk zu erproben. Schalten Sie es ein, Sie haben meine Anordnungen zu befolgen, wir haben keine Funkverbindung mit dem ‚Cygnus', daher bin ich jetzt berechtigt, Befehle zu geben."

„Gut, auf Ihre Verantwortung!"

„Nähern Sie sich dem Planeten und tauchen Sie in seine Atmosphäre ein!"

„Wir stürzen auf den Planeten zu, die Bremstriebwerke arbeiten großartig, und ganz sanft gehen wir von einem ballistischen Flug in einen Gleitflug über. Da, als ob sich ein Schleier lichten würde, aus dem Himmelskörper wird eine Welt, eine bewohnte Welt, wir sehen Wohnstätten und bebaute Flächen und etwas, was wie Ameisen aussieht, jetzt kommt Bewegung in die Ameisen, es müssen Menschen sein, wenn wir aus der Vogelperspektive auch die Gestalten nicht so genau erkennen können, sie scheinen in panischer Angst zu flüchten, alle streben sie den Objekten zu, die wie Wohnstätten aussehen, jetzt sind alle verschwunden, unter uns ist das Land vollkommen ausgestorben. Und überall das gleiche, wo wir auftauchen, sind panische Angst und Flucht die Folge!"

„Wir müssen landen, gehen Sie tiefer!"
„Dazu haben wir keinen Befehl."
„Aber ich gebe Ihnen den Befehl!"
„Das geht über den Auftrag, das Objekt zu erkunden, weit hinaus!"
„Nehmen Sie Vernunft an, Captain Hunter. Wir sind auch gar nicht ausgerüstet. Wir sind für eine Landung nicht vorbereitet. Wer weiß, wie uns die Leute da unten begegnen."
„Hätte ich nur meine Jagdwaffe bei mir, ich möchte ihnen schon begegnen!"
„Ich bringe das Objekt jetzt zum ‚Cygnus', im Sinne der Disziplin übernehme ich die Verantwortung für das weitere Geschehen, auch bin ich der einzige, der das Objekt technisch beherrscht, wir sind zwei gegen Sie, bedenken Sie dies, machen Sie keine Dummheiten!"
„Gus Nortop steuert das Objekt bereits virtuos, wir nehmen Kurs auf den ‚Cygnus'. Cyrus Hunter starrt wie geistesabwesend auf den lilafarbenen Planeten, der unter uns langsam versinkt."
Commander Bull blickte die beiden anerkennend an: „Das habt ihr gut gemacht. Wir müssen die ganze Geschichte noch einmal unserem Zukunftsforscher Falik und einigen anderen maßgebenden Herren vorführen und dann ihr Urteil anhören."
Steve Falik meinte, als er die Sache gehört hatte: „Das mit der Flucht ist ein wichtiger Fingerzeig. Die Leute haben offenbar sehr unangenehme Erinnerungen. Es muß bei der Landung des Objektes etwas geschehen sein, was für die Bewohner sehr fatal war."
„Ich habe eine Idee", meldete sich Tom Hell. „Vielleicht wiederholte sich hier vor 5000 Jahren das, was sich auf der Erde vor 50.000 Jahren abspielte. Ist der Gedanke so absurd, daß die Astriten das Experiment fortsetzten, von Zeit zu Zeit einige Bewohner des Planeten B 3 holten und dann auf anderen Planeten irgendwo in unserem Milchstraßensystem absetzten?"
„Vielleicht wollten sie jene Welten bevölkern, die wohl Menschen beherbergen konnten, aber noch keine hervorgebracht hatten. Auf unserer Erde hätten doch Menschen schon im Eocän, zu Beginn des Tertiärs, vor etlichen Millionen Jahren ausreichende Lebensbedingungen gefunden", bemerkte Dr. Honda.
„Wie dem auch sei, jedenfalls müssen wir bei der Kontaktaufnahme

mit den Bewohnern des Planeten B 3 sehr behutsam vorgehen."
„Es war vielleicht nicht klug", warf Gus Nortop ein, „mit dem Objekt so nahe zu kommen, vielleicht hätten sie vor unserem Raumpendler weniger Scheu gehabt, vielleicht wären sie sogar neugierig gewesen ..."
„Das können wir nicht wissen", meinte Steve Falik, „es kommt jetzt nur darauf an, ihr Vertrauen zu gewinnen. Landen müssen wir auf alle Fälle!"
„Und wenn wir die Quarantänemasken tragen, werden sie uns für gefährliche Ungeheuer halten", gab Oluf Raanes zu bedenken."
„Er hat nicht so unrecht", stimmte Steve Falik zu.
„Können wir es riskieren, ohne Vorsichtsmaßnahmen den fremden Planeten zu betreten? Können sich hier nicht Erreger entwickelt haben — 50.000 Jahre seit dem Exodus von der Erde ist eine lange Zeit —, gegen die wir keine Abwehrkräfte haben?"
Commander Bull, der die Hauptlast der Verantwortung trug, mußte alle Möglichkeiten in Betracht ziehen. Da griff der Bordarzt Doktor Sedlak in die Debatte ein.
„Ich überlege gerade. Vielleicht übertreiben wir die Gefahren, und das Risiko ist in Wirklichkeit gar nicht so groß, wenn wir unmittelbaren Kontakt mit den Bewohnern des Planeten aufnehmen."
„Worauf gründen Sie Ihre Vermutung?" wollte Steve Falik wissen.
„Wir kommen auf einen Planeten, der um eine Sonne kreist, die immer ein Zwergstern war, also niemals die Oberflächentemperatur unserer Sonne erreichte, daher niemals eine starke ultraviolette Strahlung aussandte. Nach unseren Auffassungen ist aber das Ultraviolett der Geburtshelfer bei der Entstehung des Lebens auf der Erde gewesen. Die Neandertaler, wenn unsere Annahmen von ihrer Verpflanzung von der Erde richtig sind, wurden auf einer völlig sterilen Welt ausgesetzt. Was wir auf diesem Planeten an Leben vorfinden werden, stammt dann von der Erde. Wir würden deshalb keine fremden Erreger — wenn es solche überhaupt gibt — antreffen!"
„Der Gedankengang ist sehr interessant", stimmte Steve Falik zu.
„Da kommt aber noch eine Überlegung hinzu", setzte Doktor Sedlak fort: „Die Astriten sind doch bei der Entführung von der Erde und beim Flug durch den Weltraum sicher mit den Menschen in enge Be-

rührung gekommen. Sie sind dabei ein viel größeres Risiko eingegangen als wir. Entweder sie haben die Neandertaler streng isoliert, was ich für die ganze Dauer der Reise aber nicht für wahrscheinlich halte, oder sie haben sie von allen gefährlichen Mikroben befreit."

„Das würde also bedeuten, wir könnten ohne strenge Quarantäne- und Vorsichtsmaßnahmen den Kontakt mit den Planetenbewohnern aufnehmen", überlegte Commander Bull.

„Ohne Vorsichtsmaßnahmen würde ich nicht sagen", warf Doktor Honda ein, „eher ohne übertriebene Vorsichtsmaßnahmen."

„Was sagen die Herren dazu?" Commander Bull blickte in die Runde. Alle nickten zustimmend, nur Doktor Scarpa machte einen Vorbehalt:

„Ich würde für den Anfang empfehlen, in keine direkte Berührung mit den Planetenbewohnern zu treten. Mit unserem Bord-Elektronenmikroskop können wir dann die Mikrobenwelt des Planeten untersuchen und daraus die notwendigen Schlußfolgerungen ziehen."

„Somit steht einer Landung auf dem Planeten nichts im Weg. Für den Landungstrupp bestimme ich Oluf Raanes als Leiter des Unternehmens, ihm beigegeben Tom Hell als Reporter, Dr. Honda als Psychologe und Professor Newman als Paläontologe. Ich denke auch an unseren vierbeinigen Kameraden Mesonyx, der uns schon auf der Erde durch seine Fähigkeiten so große Dienste geleistet hat, Sie müssen ihn auf alle Fälle mitnehmen!"

„Gewiß Commander", antwortete der Professor, „ich hätte mich auch kaum dazu entschließen können, mich von Mesonyx zu trennen."

„Wir werden in eine Synchronbahn über ihrem Landeplatz einschwenken, sodaß wir immer in Verbindung bleiben, Sie nehmen Raumboot I, Raumboot II wird neben dem ‚Cygnus' startbereit kreisen, für den Fall, daß Sie Unterstützung brauchen. Meine Pflicht ist es, auf dem ‚Cygnus' zu bleiben, sosehr ich danach brenne, diesen Planeten zu betreten."

21. Kapitel

AUG IN AUG

Während sich das Raumboot I dem Ziel näherte, bemächtigte sich der vier Männer eine begreifliche Erregung.

„Commander Bull hat gut daran getan, Captain Hunter keine Vorwürfe zu machen. Aber auch, daß er ihn an Bord behielt, bei so labilen Charakteren kann niemand wissen, wie sie in unerwarteten Situationen reagieren", Tom Hell versuchte durch ein Gespräch, seine Erregung zu dämpfen.

„Diese Labilität ist aber erst unterwegs aufgetreten, auf der Erde hat er die Psychotests hervorragend bestanden", bemerkte Doktor Honda.

„Blicken wir lieber nach vorne als zurück", unterbrach Oluf Raanes, der das Raumboot steuerte. „Die Besiedlung des Planeten dürfte sich auf die Äquatorgegenden konzentrieren, die nördlichen und südlichen gemäßigten Zonen sind allem Anschein nach sehr dünn bevölkert. Wir werden daher in der Nähe des Äquators landen."

„Donnerwetter, ist das ein Gefühl, sechs Lichtjahre haben wir zurückgelegt, davon den allergrößten Teil in einsamer finsterer Raumtiefe, und jetzt stehen wir vor einer anderen Welt, die von einer anderen Sonne beschienen wird und auf der wir hoffen, menschlichen Brüdern zu begegnen. Ich muß mich zwingen, nüchtern zu denken!" Tom Hell schwieg eine Weile.

„Ich will Ihnen mit einer sachlichen Feststellung helfen", warf Oluf Raanes ein, „wir werden auf dem Planeten einen längeren Tag haben, da seine Rotation langsamer verläuft als die der Erde. Doktor Bessel hat den Sonnentag des Planeten zu 30 Stunden, irdische selbstverständlich, bestimmt, das Jahr dauert gar nur sieben Tage, wie auf der Erde eine Woche. Der Planet kreist in einem Abstand von nur 5 Millionen Kilometer um seine rote Sonne. Durch diese geringe Entfernung empfängt der Planet trotz des verhältnismäßig kühlen Zentralsterns noch genügend Wärme. Die Rotationsachse des Planeten steht senkrecht zu seiner Bahnebene, daher haben die Pole ewigen

Winter, die Äquatorgegenden ewigen Sommer und die Gegenden dazwischen ebenfalls ein konstantes Klima, das immer unwirtlicher wird, je näher die Zone den Polen liegt."

„Wo beabsichtigen Sie zu landen?" wollte Professor Newman wissen.

„Am besten an einem Punkt mit übersichtlichem Gelände, aber nicht zu weit von einer Siedlung entfernt. Ich denke an eine Gegend, die wir mit dem Objekt nicht überflogen haben. Wenn die Bewohner über keine technischen Hilfsmittel verfügen, werden sie wahrscheinlich von unserem ersten Annäherungsversuch nichts wissen."

„Ein Buschtelegraph könnte aber Nachrichten mit außerordentlicher Schnelligkeit weitergeben!" warf Tom Hell ein.

„Na ja, wir werden alles sehen", sagte Professor Newman, der der ruhigste geblieben war. „Sie werden jedenfalls an einem Ort landen, für den die Sonne gerade erst aufgegangen ist, damit wir einen ganzen Tag vor uns haben. In einer finsteren Nacht, Mond gibt es hier keinen, möchte ich nicht herumtappen. Nicht wahr, Mesonyx?" Der so angesprochene Gefährte gab durch ein Schweifwedeln zu verstehen, daß er mit seinem Herrn einer Meinung war. „Ja, Meso", setzte der Paläontologe fort, „du hast jetzt eine sehr wichtige Aufgabe. Deine Sinne und dein Instinkt sind uns Menschen, die wir zu technischen Krüppeln geworden sind, weit überlegen. Vielleicht wird es dir eher gelingen, mit den Leuten da unten Freundschaft zu schließen."

Unheimlich, dachte Oluf Raanes, wie Mesonyx seinen Herrn anblickt, als ob er sagen wollte, ich verstehe jedes Wort. Aber in einer Augensprache, da ihm die Natur das Sprachzentrum versagt hat.

„Mesonyx hat verstanden, was wir von ihm wollen", bestätigte der Paläontologe, „Meso kann Gedankenlesen, Sie müssen das nicht wörtlich nehmen, aber der Effekt kommt auf das gleiche hinaus."

„Achtung, wir setzen zum Landeflug an!" Das Raumboot hatte sich in einen Raumgleiter verwandelt, ein Triebwerk war abwärts gerichtet und bremste den Fall ab. Gespannt beobachtete Oluf Raanes die Landschaft, es herrschte klares Wetter, nur ein leichter Dunst breitete sich über dem Boden aus, und eine glutrote Sonne stand tief am Horizont. Sie war im Aufgehen.

„Hoffentlich sind unsere Planetenbewohner Frühaufsteher", versuchte Tom Hell zu scherzen, aber es gelang ihm nicht recht. Da sahen sie unten schon einige Gestalten, die erstaunt aufblickten. Oluf Raanes suchte einen geeigneten Landeplatz, jetzt hatte er ihn gefunden, aber da ergab sich eine Schwierigkeit. Was aus der Höhe wie eine Art Wiese ausgesehen hatte, entpuppte sich als eine Fläche, die von etwa zwei Meter hohen grasartigen Pflanzen bewachsen war. Oluf Raanes entdeckte eine breite Straße in diesem Dickicht, das an Schilfwälder erinnerte, und steuerte darauf zu. Er bemerkte, daß diese Straße auf einen Hügel zuführte, der nicht bewachsen war, sie konnten dort mit einem Rundblick über den Schilfwald rechnen. Oluf Raanes setzte das Raumboot auf.

„So, da wären wir!" Etwas Besseres fiel ihm im Augenblick nicht ein. Doktor Honda zeigte nur ein verbindliches Lächeln. Professor Newman blickte auf Meso, dieser zeigte mit der Schnauze zur Ausstiegsluke und wedelte mit dem Schweif.

„Ich denke, wir können beruhigt aussteigen", meinte der Paläontologe.

„So schnell geht das wieder nicht. Herr Hell, Sie begeben sich auf den oberen Ausguck und behalten die Gegend im Auge. Soviel ich gesehen habe, sind die nächsten Bewohner etwa einen Kilometer von uns entfernt, wenn sie keine schnellen Fahrzeuge haben, können sie erst in einigen Minuten da sein. Inzwischen habe ich eine Luftanalyse gemacht, und dann können wir den Ausstieg versuchen."

Tom Hell begab sich auf den Ausguck, inzwischen arbeitete Raanes am Analysengerät, und Doktor Honda legte das Fernseh- und Sprechfunkgerät bereit. Die Verbindung mit dem „Cygnus", der sich über dem Landeplatz in der Synchronbahn stabilisiert hatte, war ausgezeichnet. Da meldete sich Tom Hell aus dem Ausguck: „Eine schwarze Wolke nähert sich uns, sie kommt mit großer Geschwindigkeit heran. Jetzt erkenne ich Einzelheiten: Es sind schwarze Vögel, riesige Krähen. Sie scheinen sich auf uns zu stürzen. Es war vielleicht doch unklug, daß wir keine Waffen mitgenommen haben."

Ein schwarzes Schneegestöber flatterte um das Raumboot. Oluf Raanes meldete: „Der Gasanalyse nach könnten wir aussteigen. Die Luft hat ähnliche Zusammensetzung wie die Erdatmosphäre, nur einen höheren Gehalt an Kohlendioxyd, er bewirkt einen Treibhauseffekt, dessen Wirkungen wir in dem üppigen Pflanzenwuchs sehen, er ist

bei der geringeren Energiestrahlung von Barnards Stern im übrigen auch entscheidend für die Lebensmöglichkeiten."

„Was machen wir jetzt?" fragte Doktor Honda, „für Riesenkrähen bin ich nicht zuständig." Professor Newman blickte auf Meso, doch dieser gab kein Zeichen von Erregung. Im Gegenteil, er wedelte weiter mit seinem Schwanz. „Willst du versuchen hinauszugehen?" fragte der Professor. Mesonyx bellte einmal kurz. „Das bedeutet Zustimmung", erklärte der Professor.

„Wollen Sie das Leben von Meso aufs Spiel setzen?" fragte Tom Hell besorgt, „wir haben ihn doch alle — mit Ausnahme von Cyrus Hunter, gern."

„Machen wir den Ausstieg nur einen Spaltbreit auf, sodaß Meso gerade hinaus kann, und halten wir uns bereit, ihn einzulassen und die Tür sofort zu schließen, wenn ihm Gefahr droht. Er weiß schon, wie er sich zu verhalten hat", schlug Professor Newman vor. So geschah es auch. Meso hob die Nase in die Luft des Planeten und sprang dann mit einem Satz auf den Boden. Raanes blickte ihm besorgt nach, aber da geschah etwas Unerwartetes. Meso sprang herum und bellte freundlich, da verstummten die Krähen, die bis zu diesem Augenblick ein ohrenbetäubendes Konzert gemacht hatten, umkreisten Meso in einiger Entfernung, ohne ihn zu beunruhigen, und flogen dann alle, bis auf einige Späher, in einer bestimmten Richtung davon.

„Da, sehen Sie", erklärte Professor Newman, „Meso hat mit den ersten Bewohnern dieses Planeten bereits Kontakt aufgenommen, wir können beruhigt aussteigen, es droht uns keine Gefahr, solange Meso bei uns ist."

„Ich habe so etwas wie Wohnstätten vor unserer Landung in etwa einem Kilometer Entfernung gesehen, ich denke, wir machen den Rover klar und Sie nähern sich der Siedlung. Ich bleibe, so leid es mir tut, im Raumboot und warte auf Ihre Rückkehr. Wir bleiben in ständiger Sprechverbindung, die auch auf den ‚Cygnus' übertragen wird", entschied Oluf Raanes.

Der Rover war ein geländegängiges Landfahrzeug mit elektrischem Antrieb und daher von jeder Atmosphäre unabhängig. Er konnte auch auf atmosphärelosen Himmelskörpern oder in Lufthüllen ohne Sauerstoff verwendet werden.

Die drei Männer atmeten tief auf, als sie den Boden des Planeten betraten.

„Endlich eine natürliche Luft, nicht eine, die unzählige Male umgewälzt und gereinigt wurde, die Lungen fühlen sich endlich wieder einmal wohl. Spüren Sie den würzigen Duft.“ Tom Hell sog die Luft durch die Nase und atmete genußvoll. „Mir kommt diese Welt wie ein Paradies vor!“

„Abwarten“, sagte der sachliche Doktor Honda. Sie bestiegen den allseits geschlossenen Rover und fuhren los, wobei Tom Hell bedauerte, nicht in der frischen Luft sitzen zu können. Zu beiden Seiten der Straße, die sichtlich nicht von Motorfahrzeugen befahren wurde, breitete sich vorerst noch der schilfwaldähnliche Bewuchs aus, der dann von Feldern abgelöst wurde, die unseren Maisfeldern ähnelten. Einige Krähen begleiteten die Fahrt der Menschen von der Erde.

„Komisches Gefühl, so ohne Ortstafeln und Verkehrszeichen auf der Straße eines fremden Planeten dahinzufahren“, sagte Tom Hell halblaut zu sich.

„Wir nähern uns bewohnten Gegenden“, bemerkte Professor Newman, und tatsächlich kamen Behausungen in Sicht.

„Jetzt kommt der entscheidende Moment“, sagte Doktor Honda ruhig und deutete auf zwei undeutlich erkennbare Gestalten, die mitten auf der Straße standen.

„Halten wir“, sagte Doktor Honda, „es ist besser, nicht zu nahe zu kommen, die beste Lösung wird sein, wenn ich hier im Rover bleibe, Tom Hell und Professor Newman, Sie steigen aus. Selbstverständlich kommt Meso mit.“

„Gott sei Dank, daß ich wieder im Freien bin, nach so langer Zeit im Raumschiff, und wenn es noch so geräumig ist, eine freie Landschaft kann es nicht ersetzen. Und diese herrliche, milde Luft. Dieser lilafarbene Himmel mit der glutroten Sonne über dem Horizont!“ Tom Hell kam wieder ins Schwärmen.

„Das ist doch“, sagte Professor Newman erstaunt, als sie näher kamen, „nein, eine Täuschung ist nicht möglich, ein Höhlenbär neben einer menschlichen Gestalt, zwar von einer kleineren Rasse, aber unverkennbar, es ist einer, das ist doch eine wundervolle Begegnung für einen Paläontologen!“

„Mir scheint, Sie interessiert der Höhlenbär mehr als die menschliche Gestalt vor uns!" bemerkte Tom Hell.
„Vielleicht ist der Höhlenbär nicht weniger wichtig", entgegnete der Professor.
Während die menschliche Gestalt stehenblieb, näherte sich ihnen der Höhlenbär in einem gemächlichen Trott. Die zwei Erdbewohner blieben stehen, Meso ging dem Vierbeiner von der anderen Welt entgegen, und die Menschen warteten, was geschehen würde. Zum Glück geschah nichts, nichts, was zu Beunruhigung hätte Anlaß geben können. Meso wedelte mit dem Schweif und beschnupperte den Höhlenbären, der nicht größer, aber massiger war als ein Neufundländer. Die erste Begrüßung schien zur gegenseitigen Zufriedenheit ausgefallen zu sein, denn beide hüpften um einander, der Bär brummte und Meso bellte.
„Sie scheinen einander gut zu verstehen", bemerkte Tom Hell staunend, „das hätte Doktor Honda mit all seiner Psychologie nicht so schnell zustande gebracht." Meso kehrte zu den Erdenmenschen zurück und wandte seine Schnauze den Bewohnern des fremden Planeten zu.
„Das heißt, wir sollen ihm folgen", erklärte Professor Newman, der die Ausdrucksweise seines vierbeinigen Freundes fast immer zu deuten wußte.
Und dann standen sie einander Aug in Aug gegenüber. Tom Hell filmte mit der unauffälligen Minikamera die Szene und nahm das „Gespräch" auf Tonband auf.
Die drei Männer standen vor einer imponierenden Gestalt, einer hochgewachsenen Frau. Sie war in ein blaues Gewand, das fast bis zum Boden reichte, gekleidet, die offenen braunen Haare fielen auf die Schultern, im Haar steckte eine Blüte, eine Hibiskusblüte. Auffallend war die weiße, sehr blasse Hautfarbe der Frau. Ihre Gesichtszüge waren sympathisch, allerdings nicht klassisch. Die Stirn war nicht sehr hoch, das Gesicht eher breit, die Augenbrauen stark ausgebildet, die Augen jedoch sehr ausdrucksvoll und der Mund schmal, das Kinn wenig vorspringend. Professor Newman raunte Tom Hell zu: „Kein Zweifel, ein veredelter Typ des Neandertalers."
„Ja, wir sind am Ziel!"

Die beiden Gruppen kamen einander auf etwa zwei Meter nahe, die Frau erhob die Hand zur Stirn und machte eine förmliche Verbeugung. Das taten auch die Ankömmlinge von der Erde.
„Gewisse Höflichkeitsformen scheinen sich seit der Zeit der Neandertaler erhalten zu haben“, flüsterte Tom Hell seinem Gefährten zu. Da deutete die Frau, es ging ein seltsames Fluidum von ihr aus, auf den Höhlenbären, der sich mit Meso beschäftigte, und sagte: „Urso.“ Tom Hell horchte auf. Er überlegte rasch: Ursus heißt auf lateinisch der Bär. Sollten sich gewisse Sprachelemente über Jahrtausende in einzelnen Sprachen gleich entwickelt haben? Da deutete die Frau, deren Alter die Erdgeborenen schwer schätzen konnten, auf sich und sagte:
„Kiria.“ Und dann nach einer kurzen Pause: „Oria.“ Die Männer blickten einander an, und Tom Hell meinte: „Das klingt doch griechisch, zumindest das erste Wort, ich vermute es bedeutet Frau, sie will also sagen, sie sei Frau Oria.“ Darauf deuteten die zwei Männer auf sich und sagten ihre Namen.
Damit war die gegenseitige Vorstellung beendet, es ging alles erstaunlich einfach, die gemeinsame Herkunft ließ sich über Lichtjahre und 50.000 Erdenjahre hinweg doch nicht verleugnen. Die Frau lud die Männer ein, ihr zu folgen, und sie kamen nach kurzer Wanderung über einen Seitenweg, der durch gepflegte Gärten führte, zu einem ebenerdigen aus Holz gebauten Haus, das, wie Professor Newman bemerkte, an die Häuser der Pfahlbauten erinnerte. Die Krähen waren bis auf einige wenige, die der kleinen Gruppe noch weiter Gesellschaft leisteten, verschwunden. Hier sahen die Menschen von der Erde zum ersten Male auch andere Bewohner des Planeten, Männer und Kinder. Alle hatten die auffallend weiße Hautfarbe, die Männer trugen weiße Kleider, blusenähnliche Oberkleider und hosenähnliche Beinkleider. Die Männer waren groß gewachsen und musterten die vier Erdbewohner wohl mit erstaunten Blicken, gingen jedoch weiter, ohne näher zu kommen. Auch die Kinder machten sich nicht störend bemerkbar.
Die Frau lud die Männer ein, in das Haus zu treten. Tom Hell hielt Oluf Raanes, der im Raumboot zurückgeblieben war, von allen Geschehnissen auf dem laufenden. Dieser meinte:

„Haltet euch nicht zu lange auf, dies soll doch nur eine erste Erkundung sein, ich habe den Eindruck, daß wir auf einem friedlichen Planeten gelandet sind, überlassen wir seine weitere Erforschung einem größeren Team.“ Die zwei Männer, die der Einladung der Frau gefolgt waren, stimmten mit Oluf Raanes vollkommen überein, daher trachteten sie, sich möglichst bald höflich zu verabschieden. Sie mußten zuvor von einigen Früchten essen, die wunderbar schmeckten, und auch über einen Begrüßungstrunk kamen sie nicht hinweg. Sie vermuteten in ihm ein Mineralwasser mit einem exotischen Geschmack, das Getränk belebte sie ungemein, sodaß sie beinahe dem Vorsatz, sich möglichst rasch zu verabschieden, untreu wurden.
Tom Hell versuchte durch allerhand Gesten anzudeuten, daß sie jetzt gehen müßten, aber bald wiederkommen würden. Kiria Oria blickte die Männer forschend an, sie schien verstanden zu haben, denn sie stand auf und begleitete die Gäste zur Tür. Tom Hell blickte verwundert in die einfach, aber sehr zweckmäßig eingerichtete Behausung zurück, bisher hatte er keine Anzeichen einer technischen Zivilisation gefunden. Auf dem Weg verbeugten sich die Männer vor Oria und gingen zum Rover zurück.
„Seltsame Welt“, meinte Tom Hell, „beinahe unheimlich, das Erscheinen der Krähen, wenn die über uns hergefallen wären, Gnade uns Gott. Aber sie dürften erkannt haben, daß wir nicht die Astriten sind, deren Raumgleiter allein schon panischen Schrecken auslöste. Da steckt ein Geheimnis dahinter. Dann die Begegnung von Meso mit Urso, und habt ihr gesehen, wie zutraulich Meso zu Oria war?“
„Ich denke, wir werden in dieser Welt noch manche Überraschung erleben“, Professor Newman nickte zustimmend, und Doktor Honda, der ihnen entgegengekommen war, fügte hinzu: „Für mich als Psychologen eröffnen sich ungeahnte Perspektiven. Die Nachkommen der Neandertaler, die diesen Planeten bevölkern, müssen einen anderen Weg gegangen sein als die Menschen auf der Erde, ich meine in geistiger Hinsicht. Sie haben, vermute ich, Sinne weiterentwickelt, die uns auf dem Weg zur Technik hin vollkommen verlorengegangen sind. Auch das Verhältnis zu den Tieren scheint sich ganz anders entwickelt zu haben als auf der Erde.“
„Viel besser als auf der Erde“, bestätigte Tom Hell. „Während wir

uns auf unserem Planeten, mit wenigen Ausnahmen, alles andere als ‚menschlich' den Tieren gegenüber benommen haben — viele Arten haben wir in kürzester Zeit ausgerottet, und das Töten von freilebenden Tieren gilt bei manchen Menschen noch immer als ‚edles' Vergnügen —, haben die Nachkommen von Menschen, die einst von der Jagd lebten, ein ganz anderes Verhältnis zu den Tieren gefunden, eines, das beiden nützt."

„Vielleicht deshalb, weil beide, Menschen und Tiere, Leidensgefährten waren, als sie von den Astriten aus ihrem Lebensraum gerissen wurden", versuchte Professor Newman zu erklären. Meso eilte während dieses Gespräches einmal voran, dann blieb er wieder zurück, beschnupperte alles eingehend und schien mit seinen Geruchseindrücken sichtlich zufrieden. Merkwürdigerweise versäumte er aber geflissentlich, Baumstämme oder ähnliche Gelegenheiten zu benützen. In anregenden Gesprächen gelangten die Männer zum Rover, und bald waren sie im Raumboot mit Oluf Raanes vereint. „Ich habe so den Eindruck, es steht uns ein genußreicher Urlaub auf diesem Planeten bevor", sagte Tom Hell zur Begrüßung, „wenn ich nur schon wüßte, wie er heißt!"

22. Kapitel

DAS GEHEIMNIS DES BANU

Der „Cygnus" zog unermüdlich in der Synchronbahn seine Kreise, während die Erdmenschen in einer Forschungsstation auf dem Planeten Banu, so nannten ihn die Nachkommen der Neandertaler, ihre mit Arbeiten bis zum Rande ausgefüllten Tage verbrachten. Nur eine kleine Besatzung war auf dem „Cygnus" zurückgeblieben, die aber jede Woche abgelöst wurde. So hatten alle Gelegenheit, das Leben auf dem Banu kennenzulernen.

„Jetzt sind wir schon ein schönes Stück weitergekommen", stellte Steve Falik fest. „Die Sprachschwierigkeiten wurden überraschend leicht überwunden, Gus Nortop hat sich nicht nur als Physiker, sondern auch als Linguist bewährt, unter geschickter Ausnützung der Möglichkeiten, die die Computer bieten."

„Fassen wir die bisherigen Erkenntnisse zusammen", sagte Professor Koenigsfeld, der Prähistoriker. „Es ist erstaunlich, wie eine Gruppe von Menschen, die plötzlich aus dem tiefsten Paläolithikum gerissen und auf einem anderen Planeten angesiedelt wurde, sich in 50.000 Jahren entwickelt hat. Sie haben eine beachtliche Kultur erreicht, aber nicht jenen Sprung gemacht, der die Menschen der Erde in das technische Zeitalter gebracht hat."

„Nicht immer zu ihrem Vorteil!" warf Steve Falik ein. Professor Koenigsfeld fuhr fort: „Ihre Technik ging über die Ausnützung der tierischen und menschlichen Muskelkraft nicht hinaus."

„Von einer gelegentlichen Nutzung der Wasserkraft abgesehen", bemerkte Oluf Raanes.

„Sie haben auch eine Schrift entwickelt, allerdings keine Buchstaben-, sondern eine Mischung von Silben- und Bilderschrift, vielleicht der chinesischen vergleichbar. Die Banuten, so können wir sie wohl nach ihrem Planeten Banu nennen, haben — und das war für sie vielleicht eine glückliche Fügung — keinen Staat gegründet. Sie leben in losen

Verbänden, in einer Art bäuerlicher autarker Gemeinschaften, über das ganze Äquatorialgebiet des Banu verstreut, die Bevölkerungsdichte ist verhältnismäßig gering. Soviel wir gesehen haben, entwickelten die Banuten keine Hochseeschiffahrt, sie benützen auch keine Zugtiere, ähnlich wie auch auf der Erde die mittel- und südamerikanischen Kulturen keine Zugtiere kannten."

„Alles in allem eine sehr interessante und liebenswerte Welt", faßte Steve Falik zusammen, „leider kein Modellfall für die Erde, denn wir können das Rad der Zeit nicht zurückdrehen, weder unsere Technik zurückschrauben noch unseren Charakter ändern. Die Banuten kennen keine höhere Mathematik, aber könnten wir die Mengenlehre, die Tensor- oder die Infinitesimalrechnung einfach abschaffen?"

„Nein, das können wir nicht", stimmte Gus Nortop zu, „die Entwicklung der Erdenmenschen und der Banumenschen ist ganz andere Wege gegangen."

„Ich glaube eine Erklärung dafür gefunden zu haben", warf der sonst sehr schweigsame erste Bordphysiker Nikitin ein. „Auf diesem Planeten fehlt das Ultraviolett, das kurzwellige Licht, das die Menschen auf der Erde von der Sonne bekommen. Die kurzwelligen Strahlen haben eine auslösende Wirkung, sie bewirken Turbulenz, das machte die Menschen unruhig, kampflustig, aber auch ungemein dynamisch, schöpferisch, was schließlich zur technischen Explosion im 20. Jahrhundert führte. Dazu kam es auf dem Banu nicht, schon rein äußerlich zeigt sich das Fehlen einer kurzwelligen Strahlung in der Blässe der Haut der Banuten."

„Sie meinen also", sagte Steve Falik, „daß die 50.000 Jahre langwelliger Bestrahlung aus den ursprünglich wohl nicht sehr sanften und ungebärdigen Neandertalern eine friedfertige Gemeinschaft machten. Wobei sich jedoch gewisse Eigenschaften in sehr fortschrittlicher Weise entwickelt haben."

„Gerade das wollte ich sagen", der erste Bordphysiker nickte zustimmend. „Vielleicht spielt es auch eine Rolle, daß die Banuten, soviel wir gesehen haben, fast ganz auf vegetarische Kost eingestellt sind."

„Sie schlägt auch uns ganz gut an, obwohl ich mich auf ein Hawaian Steak nach unserer Rückkehr zur Erde jetzt schon freue", unterbrach ihn Professor Newman. Alle lachten.

„Auffallend ist auch die Sprachbegabung der Banuten“, setzte der erste Bordphysiker die Betrachtung fort. „Sie sprechen schon sehr geläufig unsere Sprache, während von uns nur Tom Hell und Gus Nortop einigermaßen fließend banutisch sprechen.“

„Wir mußten doch die Ehre der sogenannten fortschrittlichen Menschheit retten!“ erklärte Tom Hell.

Während sich die Männer über den Planeten Banu und die Banuten unterhielten, gesellte sich Melon zu ihnen. Er war ein ungewöhnlich intelligenter Banute, so etwas wie ein Gelehrter oder, besser gesagt, ein Wissender, von dem die Menschen viel über den Planeten und seine Bewohner erfahren hatten.

„Gut daß du kommst, Melon, wir sind gerade mitten in einem Gespräch über euch und euren Planeten. Noch haben wir aber nichts erfahren, was ihr über eure Vergangenheit wißt.“ Melon fühlte sich sichtlich wohl in der Gesellschaft der Gäste von der Erde und begann sogleich zu erzählen:

„Wir haben nur sehr dunkle Erinnerungen an unsere fernste Vergangenheit. Überlieferungen — sie sind aber sagenhaft — wissen von einem grellen Licht zu berichten, das unsere Sonne — wir nennen sie Olis — einst ausstrahlte. Der Überlieferung ist da allerdings eine Verwechslung unterlaufen. Aber die Erinnerung an eine viel grellere Sonne ist geblieben. Auch an etwas, das in manchen Nächten kam und Licht spendete.“

„Also ist auch eine Erinnerung an den Erdmond, wenn auch sehr verblaßt, geblieben“, warf der Bordastronom Bessel ein.

„Erst durch eure Mitteilungen haben wir von unserer Herkunft erfahren und auch, daß ihr unsere entfernten Brüder seid“, setzte Melon fort.

„Dann verdichten sich die Überlieferungen, wir haben Erinnerungen an Wesen, die vom Himmel kamen und vor denen wir uns sehr fürchteten.“

„Einen Augenblick, darf ich dich unterbrechen?“ bat Steve Falik, „von der Übersiedlung von der Erde habt ihr gar keine Erinnerung mehr?“

„Nein, außer der lichten Sonne nichts. Ich erkläre mir dies — nach dem was ich von euch erfahren habe —, daß die Anzahl der hieher gebrachten Menschen verhältnismäßig gering war und diese Menschen

nicht viel zur Überlieferung beitrugen. In gewissen Abständen, zuletzt war es vor 260.000 Banujahren ..."
„Das sind 5000 Erdenjahre", verdeutlichte der Astronom.
„Also vor 5000 Erdenjahren kamen die Melanu zum letzten Male. Immer wenn sie kamen, fingen sie einige von uns ein und nahmen sie mit sich fort. Wir sahen sie nie wieder. Sie kamen in einer Art Riesenvogel vom Himmel, dessen Aussehen uns recht gut bekannt ist, denn vor 5000 Erdenjahren entwickelten wir bereits eine Schrift."
„Jetzt verstehe ich", Oluf Raanes griff sich an die Stirn, „weshalb die Banuten, als sie das Objekt am Himmel erblickten, in panischer Angst zu flüchten versuchten. Sie glaubten die Melanu kämen wieder."
Melon nickte und fuhr fort: „Bevor sie aber fortflogen, besuchten sie verschiedene Teile des Banu, stöberten überall herum, anscheinend sinnlos ..."
„Das war bestimmt nicht sinnlos", unterbrach Gus Nortop Melons Bericht, „sie haben sicher verschiedene wissenschaftliche Untersuchungen angestellt und sich über den Fortgang ihres kosmischen Experimentes informiert. Interessant ist jedenfalls, daß sie wohl in den letzten 50.000 Jahren den Banu mehrmals mit ihrer Anwesenheit beehrten, nicht aber die Erde, sonst hätten wir in Ponans und den anderen Orten, wo sie ihre Anwesenheit mit Curium dokumentierten, etwas finden müssen."
„Und in den letzten 5000 Jahren, seit ihrem letzten Besuch hier, haben sie die Erde ebenfalls gemieden. Denn alle Geschichten, daß die Götter Astronauten waren oder daß wir Menschen aus dem Weltraum auf die Erde kamen, sind doch glatter Unsinn!" ereiferte sich Steve Falik.
„Daß sie seither weder den Banu noch die Erde besuchten, muß doch einen Grund haben", meinte Professor Koenigsfeld.
„Vielleicht haben sie sich längere Besuchsintervalle gesetzt als früher", versuchte Tom Hell eine Erklärung, „aber lassen wir Melon weiter berichten."
„Eine Zwischenfrage, habt ihr eine Überlieferung, wie die Melanu, wir nennen sie Astriten, ausgesehen haben?" bemerkte Professor Koenigsfeld.
„Nur eine sehr unbestimmte", antwortete Melon. „denn sie waren

immer vollkommen verhüllt. Jedenfalls gingen sie auf zwei Beinen und hatten Arme wie wir."
„Das heißt, sie trugen immer Raumanzüge oder zumindest Atemgeräte, weil ihnen die Atmosphäre hier nicht zusagte. Das haben wir schon den Aufzeichnungen, die wir auf der Erde fanden, entnehmen können. Aber auf der Erde, da die Neandertaler einen der Astriten töteten, müßten sie sein Gesicht gesehen haben", erklärte Tom Hell.
„Wie wäre es", schaltete sich Steve Falik ein, „wenn wir unseren Freund Melon zu einem Besuch auf dem ‚Cygnus' einladen würden. Nicht nur ihn, sondern eine ganze Deputation vom Banu, Kiria Oria inbegriffen!"
Melon nickte geschmeichelt: „Sehr gern, es wird etwas Abwechslung in unser seit fünftausend Jahren geruhsames Leben bringen, und ich werde dann einen ausführlichen Bericht darüber für unser Zentralarchiv schreiben, wir haben das Wissen unseres Planeten an einer zentralen Stelle gesammelt!"
„Eine Art alexandrinische Bibliothek", bemerkte Tom Hell zu Steve Falik, „seltsam spiegelt sich hier ein Teil der Geschichte der Erde."
„Aber zuvor möchte ich eine Gegeneinladung aussprechen", setzte Melon fort, „ich lade euch zu einem Besuch der gemäßigten Zone ein, die so gut wie ausschließlich von Tieren bewohnt wird. Aber ich mache euch aufmerksam, ihr werdet in eine sehr kühle Gegend kommen."
„Wir nehmen die Einladung gerne an, mit unserem Raumboot wird die Transportfrage kein Problem sein", stimmte Commander Bull zu.

23. Kapitel

VERKEHRTE WELT

Ein prächtiger Tag war auf dem Banu angebrochen, als eine aus Banuten und Erdenmenschen zusammengesetzte Expedition mit dem Raumboot I startete. Von seiten der Banuten nahmen Melon und Frau Oria teil, ferner ein kundiger Führer mit Namen Aurig, ein schlanker, blonder junger Mann, eher schweigsam, und Irga, Orias Tochter. Als Tom Hell sie erblickte, war er wie verzaubert. Sie ist von einer eigenartigen Schönheit, dachte er, die leisen Andeutungen an die Neandertalervergangenheit geben ihr einen exotischen Reiz, dann die ausdrucksvollen braunen Augen und das wallende braune Haar, das über die Schultern bis zum Saum des hellblauen Gewandes fällt. Sollte die beliebte blaue Farbe eine unbestimmte Erinnerung an das Blau des irdischen Himmels ihrer Vorfahren sein? Die Gedanken überpurzelten sich in Tom Hells Gehirn, und plötzlich mußte er an Fräulein Dubois denken. Wie weit lag doch dies alles zurück, aber hier ist eine Gegenwart greifbar.

Auch Urso, der treue Begleiter Orias, war mit von der Partie, ebenso Meso. Von den Menschen nahmen teil: Commander Bull, Captain Cyrus Hunter, Oluf Raanes, die drei Bordärzte, die Professoren Newman und Koenigsfeld, Gus Nortop, Steve Falik und selbstverständlich Tom Hell mit seinen Aufnahmegeräten. Alle waren von den Banuten mit entsprechender Kleidung versorgt worden, sodaß sie von echten Banuten kaum zu unterscheiden waren.

Während des Fluges fragte Tom Hell den neben ihm sitzenden Melon, mit dem er sich angefreundet hatte, nach der Stellung von Frau Oria in der Gemeinschaft der Banuten.

„Das läßt sich nicht leicht erklären, da sich unsere Geisteswelten weit voneinander entfernt haben. Ich ... wie soll ich es sagen ...? Sie ist Seherin — sie hat für euch schwer verständliche Eigenschaften und

Fähigkeiten, außerdem ist sie aber auch eine gute Mutter und führt seit dem Tod ihres Mannes eine kleine Gemeinschaft."

„Was hat sie bewogen, uns entgegenzugehen, als wir kamen, so ohne Furcht?"

„Das wird euch schwer begreiflich sein, ich sage nur — die Krähen. Die Tiere sind unsere Verbündeten, unsere Freunde, wir können uns auch mit ihnen in einem gewissen Sinn verständigen, von ihnen wußten wir, daß von euch keine Gefahr droht. Urso, der sich mit eurem Meso sogleich verständigte, bestätigte uns dies."

„Ihr habt anscheinend von euren Vorfahren einiges geerbt und weiterentwickelt, worum wir euch beneiden können", sagte Tom Hell.

Unter ihnen flog die Landschaft des Banu vorüber, von Zeit zu Zeit tauchten sie durch Wolkenbänke, die immer dichter wurden, je weiter nördlich sie kamen. Sie flogen die Küste eines Meeres entlang, das sich mit seinem westlichen Ufer in nord-südlicher Richtung erstreckte. Mit einem Küstensegler der Banuten hätten sie, günstigen Wind vorausgesetzt, Wochen gebraucht, um bis ans Ziel zu gelangen, so aber waren sie schon nach zwei Stunden in einer Landschaft, die von den Äquatorgegenden des Banu völlig verschieden war. Als sie landeten, glaubten sie sich in eine auf der Erde längst versunkene Welt versetzt. Eine Tundra dehnte sich aus, in der Ferne begrenzten schneebedeckte Berge die Sicht, zum Teil waren sie wolkenverhangen. Die Luft war trocken, und es wehte ein unangenehmer Wind, die Temperatur lag nur wenige Grad über dem Gefrierpunkt.

„Das ist doch einmalig", wunderte sich Professor Newman, „so sah es in den gemäßigten Zonen der Erde während der Eiszeit aus."

„Hier haben die gemäßigten Zonen immer eine Art Eiszeit, wegen der Lage der Rotationsachse und der geringeren Strahlungsenergie von Barnards Stern", erklärte Doktor Bessel.

„Von der Olis, so heißt doch dieser Stern", verbesserte Tom Hell und deutete auf den roten, im Vergleich zur Sonne doppelt so großen Ball am Himmel.

Professor Koenigsfeld konnte sich an dem Bild nicht sattsehen.

„Das — was ist das?" Er deutete auf eine sich bewegende Gruppe am Horizont. Es war eine Herde, die sich langsam näherte.

„Gehen wir ihr entgegen", sagte Aurig und übernahm die Führung.

„Ich hole mein Jagdgewehr", stieß Cyrus Hunter erregt hervor und eilte in das Raumboot zurück. Oluf Raanes sprach eindringlich auf Oria ein, doch diese lächelte nur und sagte: „Lassen Sie ihn, Sie werden schon sehen, was geschehen wird."
Cyrus Hunter, brennend vor Jagdlust, kam mit seinem Gewehr nachgelaufen und setzte ein Fernglas an seine Augen: „Tolle Sache, das ist eine Mammutherde. Unsere Freunde hier werden doch nichts dagegen haben, wenn ich mir einen kapitalen Bullen aussuche. Wird das ein Aufsehen geben, wenn ich nach unserer Rückkehr im Klub die Trophäen zeigen werde. Einen Elefantenbullen habe ich in Afrika schon geschossen . . ."
„Abgeknallt", fiel ihm Oluf Raanes verächtlich ins Wort.
„Nennen Sie es, wie Sie wollen, vom Jagdglück verstehen Sie jedenfalls nichts. Commander, haben Sie mit den Halbwilden da schon gesprochen, daß ich jetzt ein Mammut erlegen werde? Sie werden uns hoffentlich keine Schwierigkeiten machen", dabei umklammerte er die Waffe fester.
„Nein, die Banuten haben nichts dagegen", antwortete Oluf Raanes anstelle des Commanders mit einem hintergründigen Lächeln. Auch Irga und Aurig schienen auf eine unterhaltsame Szene zu warten.
„Gehen Sie voraus, damit nicht etwa einer von uns in die Schußlinie kommt", bemerkte Oluf Raanes zu Cyrus Hunter. Dieser näherte sich der langsam auf sie zukommenden Herde, da begann das Leittier zu wittern und schien unschlüssig.
Tom Hell hielt sich neben Irga. Das Mädchen vom Planeten Banu gefiel ihm sichtlich.
„Was wird jetzt geschehen? Jedenfalls muß ich die Szene im Bild festhalten."
„Da wir schon lange keine Tiere mehr aus Jagdlust töten", erklärte Irga, „haben die hier lebenden keine Scheu vor uns. Doch der Geruch von euch Erdenmenschen scheint sie zu beunruhigen, aber da wir bei euch sind, werden sie niemandem etwas tun."
Cyrus Hunter war ihnen etwa hundert Meter voraus, als von der Seite in raschem Trab ein mächtiges Wollhaarnashorn herankam. Ein Prachtexemplar mit zottigem Fell und mächtigen Hörnern, kurzem Schwanz, der in ein Haarbüschel auslief. Wie ein Tank kam es daher.

Als Hunter das Nashorn erblickte, schien es ihm ein noch geeigneteres Objekt zu sein als das Mammut.
Hoffentlich trifft er nicht, dachte Professor Koenigsfeld, doch er kam nicht dazu, diesen Gedanken weiter zu verfolgen, denn die Ereignisse spielten sich wie in einem Zeitraffer ab. Staunend verfolgten die Menschen von der Erde die Szene. Die Waffe, die Cyrus Hunter benutzte, schoß fast lautlos. Sie sahen, wie Hunter anlegte, aber neben das Wollhaarnashorn zielte, das unbeirrt dahintrabte. Er schoß, einmal, zweimal, dann in rascher Folge noch mehrmals, aber in die Luft, dann warf er plötzlich mit einem schrecklichen, beinahe unmenschlichen Aufschrei die Waffe fort und rannte, sichtlich von panischer Angst getrieben, um sein Leben. Dabei schrie er ununterbrochen: „So helft mir doch! Rettet mich, das Untier ist mir auf den Fersen, Hilfeee . . ." Seine Stimme überschlug sich, und als er zu der Gruppe zurückkam, hielt er verstört inne und blickte halb wahnsinnig auf das unbeirrt davontrabende Nashorn.
Tom Hell, der die ganze Szene in Bild und Ton eingefangen hatte, empfand eine gehörige Portion Schadenfreude. Er hatte während der „Jagdszene" verstohlen einen Blick auf Irga und Oria geworfen und bemerkt, daß deren Blicke starr auf Cyrus Hunter gerichtet waren. Hunter zitterte am ganzen Körper.
Oluf Raanes konnte eine boshafte Bemerkung nicht unterdrücken: „Da werden sich aber Ihre Klubkameraden freuen, wenn Sie die Dokumentation sehen werden, die Freund Tom Hell soeben festgehalten hat."
Noch keuchend von dem überstürzten Lauf, stieß Hunter hervor: „Ich habe doch genau auf das Tier gezielt, aber die Wirkung war, als ob ich auf ein Phantom geschossen hätte. Als ob ich in ein Hologramm gefeuert hätte. Dann kam das Tier auf mich zu und . . ."
„Captain Cyrus Hunter, der große Nimrod, der sich auf einem fremden Planeten als Großwildjäger produzieren wollte, lief wie ein Hase vor dem Lauf des Schützen. Aus dem Jäger wurde ein Gejagter. Nun, wie war das Gefühl?" fragte Oluf Raanes bissig.
Cyrus Hunter rang nach Luft, aber er fand keine Antwort.
„Ich glaube, mit der Trophäe wird es nichts", bemerkte Steve Falik befriedigt, „und das ist gut so, denn Jagdtrophäen haben keinen wis-

senschaftlichen Wert. Die Banuten werden uns bestimmt die Möglichkeit geben, entsprechendes wissenschaftliches Material zu sammeln, auch ohne Jagdvergnügen."

„Das dürfte ihm gründlich vergangen sein", brummte Professor Newman, und wie zur Bestätigung bellte Meso vergnügt und sprang um Hunter herum.

Aurig, der Führer, der der Szene belustigt zugesehen hatte, mahnte zum Aufbruch: „Wir haben noch lange nicht alles gesehen, es gibt da noch Wildpferde, Steppenwisente, Riesenhirsche, Rentiere und noch andere lebende Erinnerungen an die Vergangenheit eures Planeten."

24. Kapitel

GÄSTE IM „CYGNUS“

Im großen Gemeinschaftsraum des Raumschiffes fand das Festessen zu Ehren der Banuten statt. Die ganze Mannschaft nahm daran teil, nur Captain Cyrus Hunter hatte sich wegen Unpäßlichkeit entschuldigen lassen. Er blieb in seinem Privatgemach, diese Bezeichnung hatte sich für die Kabine eingebürgert.

Von seiten der Banuten waren Frau Oria, über besonderen Wunsch von Oluf Raanes in Begleitung von Urso, gekommen, ferner Melon, der Führer Aurig und Irga, die schöne, junge Tochter Orias. Oluf Raanes hatte es sich nicht nehmen lassen, die Gäste vom Planeten Banu durch das Raumschiff zu führen, doch die Banuten betrachteten alles nur mit kühler Reserviertheit, für die technischen und physikalischen Einzelheiten hatten sie wenig Verständnis, auch gab es in dieser Beziehung Sprachschwierigkeiten.

Als Gastgeschenk hatten die Banuten eine Auswahl von Früchten des Banu und ein Getränk mitgebracht, das sie Tar nannten. Tom Hell hatte es verstanden, Commander Bull, der die Sitzordnung bestimmte, zu überzeugen, daß er als Chronist des Unternehmens unbedingt neben der schönen Irga sitzen müsse. Um den Gästen das Festessen nicht zu ungewöhnlich zu gestalten — in der Umlaufbahn um den Banu herrschte Gewichtslosigkeit —, hatte sich Commander Bull entschlossen, mit 1 g Beschleunigung die Banuten zu einem kleinen Ausflug in den interstellaren Raum einzuladen. Die Treibstoffvorräte reichten für diesen Abstecher reichlich aus. Die Banuten wurden mit irdischen Speisen bewirtet, die größtenteils aus den Gärten des „Cygnus“ stammten, denn sie hatten den Wunsch nach einem fleischlosen Menü geäußert.

Dem Getränk Tar wurde von den Erdenbewohnern reichlich zugesprochen. Es belebte ungemein, ohne zu berauschen, ein wahrer Göttertrank. Es war von hellgrüner Farbe, prickelte auf der Zunge und hatte einen schwer zu beschreibenden Geschmack, der entfernt an den Geruch von Holunderblüten erinnerte. Tom Hell unterhielt sich eingehend mit seiner schönen Nachbarin.

„Was hat Ihnen in unserem Raumschiff am besten gefallen?"

„Ihre Anlagen haben mich bedrückt, aber die Gärten mit den Tieren, von denen wir viele gar nicht kennen, die sind sehr schön. Dort könnte ich mich stundenlang aufhalten. Tiere sind etwas Besonderes, Ihr habt den Weg zu ihnen noch nicht restlos erschlossen. Da, sehen Sie, wie Meso und Urso beisammensitzen, sicher haben sie einander viel zu berichten."

Der Psychologe Doktor Honda, der andere Tischnachbar Irgas, mischte sich in das Gespräch: „Dann müssen die höher entwickelten Tiere auch ohne Sprachzentrum eine Möglichkeit der Verständigung haben." Irga nickte. „Und ihre Erlebensfähigkeit ist viel stärker ausgeprägt als bei euch Erdenmenschen, das haben wir schon bemerkt."

„Die Banuten müssen über Fähigkeiten verfügen, die uns Menschen der Erde fehlen", meinte Tom Hell.

„Heute fehlen", korrigierte Doktor Honda, „vor 50.000 Jahren haben die Menschen bestimmt Fähigkeiten gehabt, die inzwischen, insbesondere durch die Entwicklung der Technik, verlorengegangen sind."

Irga nickte. Tom Hell ergriff ihre Hand und meinte zögernd: „Ich weiß nicht, ob ich Sie danach fragen darf, was hat sich wirklich abgespielt, als Cyrus Hunter . . ."

Irga lachte hell auf: „Das will ich Ihnen gern erklären, das ist kein Geheimnis. Ihnen gegenüber nicht. Gut, daß Hunter nicht da ist, denn ich möchte nicht, daß er es erfährt. Er soll nur bei seinem Glauben bleiben." Irga machte einen Schluck aus ihrem Glas, dann fuhr sie fort: „Wir kennen keine Jagd, nur eine blasse Erinnerung ist geblieben, daß wir vor unvorstellbar langer Zeit Tiere töteten, aber nur, um selbst leben zu können. Und dann baten unsere fernen Ahnen die Seele des erlegten Tieres um Verzeihung."

„Sehr interessant", warf Doktor Honda ein, „das hat es bei primitiven Völkern auf der Erde, es gibt allerdings schon lange keine mehr, auch gegeben."

„Wir hätten Ihrem Herrn Hunter niemals gestattet, ein Tier in unseren Reservaten zu erlegen, wo sich ein vollkommenes Gleichgewicht der Natur eingestellt hat, wenn wir nicht über Mittel verfügten, ihm wohl für immer die Jagdlust zu nehmen."
„Weshalb hat Hunter in die Luft geschossen und dann in panischer Angst die Flucht ergriffen?" fragte Tom Hell.
„Er hat nicht in die Luft geschossen, er hat auf ein Wollhaarnashorn geschossen, aber auf kein wirkliches, sondern auf eines, das nur er gesehen hat."
„Wieso hat nur er es gesehen und wir nicht?" wollte Tom Hell wissen.
„Weil Kiria Oria und ich es so wollten!"
„Es war eine Art Suggestion, die Banuten müssen da über besonders ausgebildete Fähigkeiten verfügen, vielleicht geht das auf die Jagdzauber zurück, die ihre Vorfahren auf der Erde ausübten", versuchte der Psychologe zu erklären.
„Ich verstehe", Tom Hell griff sich an die Stirn, „dann hat Hunter nur auf ein Phantom geschossen, da konnten seine Schüsse selbstverständlich keine Wirkung haben."
Irga nickte: „Dann ließen wir das Wollhaarnashorn auf ihn zugehen, mit gesenkten Hörnern, drohend, bereit, ihn aufzuspießen."
„Daß muß einem passionierten Jäger wie ein furchtbarer Alptraum vorgekommen sein", Tom Hell schauderte bei dem Gedanken.
„Aber es war ein heilsamer Traum", lachte Irga, „denn wir können es nicht dulden, daß ein Mensch ein Lebewesen nur zum Vergnügen tötet, ich sage nur zum Vergnügen. Es gibt Gründe, dies ohne Vergnügen zu tun."
Tom Hell blickte Irga bewundernd an. „Eure Welt scheint in mancher Beziehung weiter fortgeschritten zu sein als unsere Erde!"
„Ich habe mir schon darüber Gedanken gemacht", meinte Doktor Honda zu seinem anderen Nachbarn, Professor Koenigsfeld, „daß die Neandertaler ein größeres Gehirnvolumen hatten als die Menschen von heute."
„Sie meinen, daß dies mit den psychischen Fähigkeiten zusammenhängt, die wir demonstriert bekommen haben?"
„So ist es", bestätigte der Psychologe.

„Was mich wundert", Professor Newman griff in die Debatte ein, „ist das Fehlen von Hunden. Katzen habe ich auch keine gesehen. Die Astriten dürften keine fleischfressenden Tiere auf diesen Planeten verpflanzt haben. Auch die Flora ist eine ausgewählte, sogenannte Nutzpflanzen scheinen zu überwiegen. Für einen Botaniker wäre dieser Planet schon im Hinblick auf die Artenentwicklung und auf Mutationen ein unerschöpfliches Forschungsgebiet."

„Von den Gewässern wissen wir auch noch sehr wenig", ergänzte Tom Hell. Er stellte eine diesbezügliche Frage an Irga. Die Antwort war überraschend. Irga wußte nicht, was unter Fischen gemeint war, erst als ihr Bilder gezeigt wurden, schüttelte sie den Kopf.

„Also keine Fische auf dem Planeten Banu", wunderte sich Tom Hell.

„Ich versuche eine Erklärung", sagte Professor Newman nachdenklich, „vielleicht konnten sich pflanzenfressende Fische — falls sie ausgesetzt wurden — nicht halten, da es keine Wasserpflanzen gab. Und Fische, die sich von ihresgleichen ernährten, rotten einander mit der Zeit aus, wenn es keine Pflanzenfresser gibt."

„Diese Welt bietet noch viele Geheimnisse, die wir mit den Mitteln und den Menschen des ‚Cygnus' gar nicht lösen können."

Da klopfte Commander John F. Bull an sein Glas, und als es still geworden war, sagte er: „Liebe Gäste vom Banu, Brüder aus der Vergangenheit. Ich lade Sie in unser Bordobservatorium ein."

Der Commander verfolgte damit einen doppelten Zweck. Einmal wollte er den Banuten ihre eigene Sonne, die Olis, aus der Perspektive der Weltraumtiefe zeigen und zum zweiten jene Sonne, die einmal ihre gemeinsame war. Dem freien Auge zeigte sich vom Observatorium Barnards Stern als heller Stern, einem leuchtenden Blutstropfen gleich. Die Sonne, fast sechs Lichtjahre entfernt, strahlte als Stern erster Größe in ruhigem, gelbem Licht.

„Wir sind von so weit gekommen", versuchte der Bordastronom Doktor Bessel den Banuten zu erklären, „daß selbst bei der stärksten Vergrößerung die Sonne nur ein durchmesserloser Lichtpunkt bleibt. Erst bei einer etwa 100.000fachen Vergrößerung könnten wir eine winzige Scheibe erkennen." Dann ließ der Astronom die anderen Planeten von Barnards Stern Revue passieren, aber die ganze Führung machte auf die Bewohner des Banu im Grunde genommen wenig Eindruck.

Die technischen Geräte waren ihnen unheimlich. Sie beobachteten wohl den Himmel, aber ohne Fernrohr, das kannten sie nicht. Ihre Beobachtungen dienten nur zur Orientierung und zur Regelung des Zeitablaufs.

Tom Hell hatte Irga beiseitegezogen und deutete auf die Sonne: „Von dort sind wir gekommen, haben einen Abgrund von Raum und Zeit übersprungen, ich bin glücklich, daß wir euch gefunden haben. Wir wissen nicht genau, was die Astriten, ihr nennt sie Melanu, mit eurer Verpflanzung von der Erde letztlich bezweckten, aber sollten wir die beiden Welten nicht wieder zusammenführen?" Irga blickte Tom Hell fragend an.

„Ich meine, sollten wir beide nicht damit beginnen. Willst du nicht mit mir zur Erde kommen, bald wird der ‚Cygnus' heimwärts starten." Tom Hell gebrauchte plötzlich die Anrede „du". Jetzt begriff Irga: „Du wirst heimwärts fliegen, du und deine Gefährten, ihr werdet zur Erde zurückkehren. Meine Heimat ist dieser Planet hier, er ist es für uns seit undenklichen Zeiten. In diesen Zeiten sind wir, obwohl gleicher Herkunft, verschiedene Wege gegangen und haben eine verschiedene Entwicklung genommen. Ich sage dir, es ist besser, ihr kehrt allein zur Erde zurück. Ich würde mich auf der Erde nicht glücklich fühlen, und du würdest auf unserem Planeten nicht glücklich werden. Wenn ich auch fühle, daß Brücken zwischen uns persönlich möglich wären, zwischen unseren beiden Planeten sind sie es nicht."

Irga ergriff Tom Hells Hand, ein seltsames, beruhigendes Gefühl überkam ihn, und plötzlich verstand er.

„Und noch etwas. Eure Sinne sind durch das, was ihr Technik nennt, getrübt, euer Empfinden ist stumpf geworden, wir ahnen, was ihr errechnet, es läßt sich aber viel mehr erahnen als errechnen. Darum bitte ich dich, sage deinen Gefährten, sie mögen nicht wieder zu uns kommen, der einmalige Besuch möge genügen. Zerstört aus Forschungsdrang oder Wissensdurst nicht eine Welt, die in sich geschlossen und glücklich ist. Denk an diese Stunde, wenn du mit dir selbst nicht zurechtkommst!" Irga berührte mit ihren Lippen Tom Hells Mund.

„Aber wenn die Astriten, die Melanu, wie ihr sie nennt, wiederkommen ..." Tom Hell versuchte mit diesem Argument noch einzugreifen, doch Irga schüttelte nur den Kopf: „Dann ist es Schicksal, sie könnten übrigens genausogut auch zu euch kommen, und ihr wäret machtlos gegen sie. Aber . . .“ Irga blickte wie geistesabwesend in eine unbestimmte Ferne, „ich glaube, sie werden niemals wiederkommen!“ Irga ging zu den anderen zurück, und Tom Hell blieb mit seinen Gedanken allein, nur Mesonyx blickte ihn treuherzig an, als wolle er ihn trösten. Dabei empfand er im Grunde genommen keinen richtigen Abschiedsschmerz, nur eines ließ ihm keine Ruhe, was Irga wohl damit meinte, „die Astriten würden niemals wiederkommen“?

25. Kapitel

HEIMWÄRTS

Das Team aus dem Kreis um Professor Unruh saß im Tropengarten des „Cygnus“ unter einer prächtig gewachsenen Palme. Solche Plauderstunden waren ihnen in der monotonen Abfolge der im Raumschiff künstlich geschaffenen Tage ein richtiges Bedürfnis.

„Irga hat ganz recht. Wir sollten von weiteren Besuchen absehen“, meinte Tom Hell. „Ihre Welt aus dem Gleichgewicht zu bringen wäre ein Verbrechen. Wir haben in der Vergangenheit auf der Erde viele solcher Verbrechen begangen, im Namen von Wissenschaft, von Forscherdrang, von . . .“

„Profitgier und wie die Motive alle heißen mögen“, warf Steve Falik ein, „es wird unsere Pflicht sein, die Verantwortlichen auf der Erde davon zu überzeugen, daß der Planet Banu tabu bleiben muß. Für alle Zeiten.“

„Leicht ist mir der Abschied allerdings nicht gefallen“, gestand Professor Newman, „ich hätte gerne noch die Fauna des Banu studiert.“

Professor Koenigsfeld nickte zustimmend.

„Was sagen Sie, Gus Nortop, Sie lebender Computer, tut es Ihnen auch leid, diesen roten Zwerg verlassen zu haben?“ fragte Tom Hell.

„Eigentlich nicht“, antwortete der Gefragte, „wenn die Banuten auch über Fähigkeiten verfügen, die wir nicht haben, so fehlen ihnen andererseits wieder solche, die wir haben. Auf meinem Gebiet konnte ich nichts von ihnen lernen . . .“

„Weil ihnen der sechste Sinn dafür fehlt“, warf Tom Hell, diesmal sehr ernst, ein.

„Je näher wir zur Erde kommen, desto mehr erscheint mir das ganze Erlebnis auf dem Planeten der Neandertaler wie ein Traum“, gestand Steve Falik, und alle nickten zustimmend.

„Aber ein schöner Traum!“ fügte Tom Hell sinnend hinzu.

Dann schwiegen alle eine Weile, jeder in seine eigenen Gedanken versunken. Tom Hell dachte an die schöne Irga, er hatte das Gefühl, als wäre sie in der Nähe, als ob eine Ausstrahlung von ihr bis in seine Wirklichkeit reichte.
Das Schweigen endete, als Gus Nortop unvermittelt die Frage laut werden ließ, was wohl aus den Astriten geworden sei, den „Göttern", die die Neandertaler entführt hatten.
„Glauben Sie, daß die alte Vorstellung, die Götter kämen von oben, auf die Landung der Astriten zurückzuführen ist?" warf Steve Falik ein.
„Ich glaube nicht, denn oben ist das, was den frühen Menschen das Unerklärliche war, bei Tag die Sonne, bei Nacht der Mond und die geheimnisvoll wandernden Sterne", versuchte Tom Hell zu erklären, „oben ist das Überirdische, und das war es auch ohne die Astriten."
Der „Cygnus" befand sich zu dem Zeitpunkt dieser Unterhaltung ungefähr in der Mitte des Weges von Barnards Stern zur Erde.
„Ja, was mag wirklich die Ursache gewesen sein, daß die Astriten sowohl auf der Erde als auch auf dem Planeten Banu seit so langer Zeit nicht mehr erschienen sind?" griff Professor Koenigsfeld das Thema wieder auf.
„Das kann verschiedene Gründe haben, sie könnten das Interesse an dem Experiment verloren haben, da es für sie vielleicht abgeschlossen war", Professor Newman sprach langsam und überlegte weiter, „es könnten aber auch Ereignisse die weiteren Raumflüge unmöglich gemacht haben. Wir haben keine Ahnung, woher sie gekommen sind, ob sie von einem sehr weit entfernten Sternensystem unseres Milchstraßensystems ihre Ausflüge in den interstellaren Raum unternommen haben oder vielleicht gar aus einem fremden Milchstraßensystem, etwa dem Andromedanebel . . . ?"
„Möglich ist alles, aber diese Annahme scheint mir doch etwas kühn, sie müßten in diesem Fall jegliche Bindung mit ihrem Heimatplaneten gelöst haben", warf Gus Nortop ein. „Denn dann müßte durch die Zeitdilatation die Zeitdifferenz bei einer eventuellen Rückkehr der Astriten zu ihrem Heimatplaneten auf Jahrtausende angewachsen sein."
„Ein komischer Gedanke: Ein Mensch hätte in einem Raumschiff zur

Zeit des Pharao Totmes III. um 1500 v. Chr. die Erde verlassen und wäre nach seiner Rückkehr in unsere Gegenwart mit unseren technischen Errungenschaften und unserer Geisteswelt konfrontiert worden", stimmte Tom Hell zu.
„Wenn nicht ein außergewöhnliches und unerwartetes Ereignis eintritt, werden wir dieses Geheimnis wohl nie lüften können", resignierte Steve Falik.
„Ich weiß nicht", warf Tom Hell nachdenklich und wie geistesabwesend ein, „ich habe ein merkwürdiges Gefühl, daß wir in dieser Hinsicht noch etwas erleben werden."
Tom Hells Vermutung sollte sich bald bestätigen. Es waren zwei irdische Tage seit jenem Gespräch im Tropengarten vergangen, Tom Hell war gerade bei Doktor Bessel im Observatorium, um den Tunnel zwischen den Sternen und den damit verbundenen „Regenbogen" auch bei der Rückkehr zur Erde zu erleben, als plötzlich ein Alarmsignal sowohl aufleuchtete als auch ertönte. Oluf Raanes meldete sich aus der Navigationszentrale: „Kleines Objekt nähert sich mit großer Geschwindigkeit dem ‚Cygnus'. Auf dem Radargerät keine Gestalt zu erkennen. Gebe Position durch!"
Doktor Bessel gab die Daten sofort dem Computer für das Teleskop ein, dieses richtete sich gegen das Objekt, und während dieses Manöver ausgeführt wurde, kamen auch schon Commander Bull und Gus Nortop in das Bordobservatorium. Doktor Bessel schaltete die stärkste Vergrößerung ein, und auf dem Bildschirm erschien ein Etwas, angestrahlt von einem scharf gebündelten Lichtstrahl, das alle mit größtem Erstaunen erfüllte.
„Das ist doch . . ." Tom Hell vollendete den Satz nicht, als scheute er sich, das Gesehene mit Worten auszudrücken. In diesem Augenblick kam auch Professor Newman mit Meso in das Observatorium und starrte wie gebannt auf das Objekt, das sich auf dem Bildschirm abzeichnete. Merkwürdig war das Verhalten von Meso. Das kluge Tier gab ähnliche Laute von sich wie damals, als es im Tal bei Ponans zu den Spuren der Neandertaler und der Astriten führte.
„Kein Zweifel, was da auf uns zufliegt, sieht genauso aus wie ein Astrit im Raumanzug!" Gus Nortop blieb bei kühler Überlegung.
„Das Objekt fliegt fast mit Lichtgeschwindigkeit", meldete Oluf Raa-

nes aus der Navigationszentrale, „auf dem Radarschirm ist jetzt eine längliche Gestalt zu erkennen!“

„In welcher geringsten Entfernung wird das Objekt an uns vorbeifliegen?“ fragte der Commander den ersten Bordphysiker Michael Nikitin, der soeben in das Bordobservatorium gekommen war. Dieser eilte, so rasch es ihm möglich war, zum großen Bordcomputer, und es dauerte nicht lange, bis er die Meldung durchgab: „In zehn Minuten wird uns das Objekt in 1250 Meter Entfernung überholen!“

„Wir sollten versuchen, es einzufangen!“ schlug Tom Hell vor.

„Dazu haben wir verdammt wenig Zeit!“ Gus Nortop blickte den Commander fragend an. John F. Bull wurde durch eine weitere Meldung aus der Navigationszentrale einer schnellen Entscheidung enthoben.

„Vier weitere Objekte gleicher Art kommen auf uns zu, in großem Abstand folgt ein weiteres Objekt von ungewöhnlicher Ausdehnung.“ Oluf Raanes gab die Daten an den ersten Bordphysiker weiter, der mit seinen Rechenergebnissen den Commander vor eine verantwortungsvolle Entscheidung stellte.

„Der Hauptkörper wird in einer Stunde den ‚Cygnus‘ in 2300 km Abstand passieren.“

„Raumboot I klar zum Start!“ gab Commander Bull durch. „Cyrus Hunter, Gus Nortop, Doktor Scarpa und Tom Hell nehmen als wissenschaftliche Besatzung teil!“ Der Commander begab sich in die Kommandozentrale, um von dort alle Operationen zu leiten.

Plötzlich war Leben in die seit dem Abschied vom Planeten Banu nahezu ereignislos verlaufene Fahrt gekommen. Die Besatzung des „Cygnus“, die schon in eine ständige Schläfrigkeit verfallen war, wurde mit einem Schlag wieder aktiv. Frage an den Bordphysiker Nikitin: „Können wir auf die Geschwindigkeit des Hauptobjektes beschleunigen, sodaß wir mit ihm parallel fliegen, ohne unsere Treibstoffvorräte zu sehr anzugreifen?“

„Wenn wir nicht länger als zwölf Stunden in der von unserem Kurs etwas abweichenden Bahn des Objektes mit dessen höherer Geschwindigkeit fliegen, können wir das Manöver riskieren!“

Neue Meldung von Oluf Raanes: „Erhöhte Gamma-Strahlung, zweifellos von den vorbeifliegenden kleinen Objekten, ebenso leicht ver-

stärkte Beta-Strahlung sowie Alpha-Strahlung. Letztere kommen vom noch entfernten Hauptobjekt. Vorsicht!"

„Sollten wir nicht doch versuchen, eine dieser herumfliegenden Mumien zu bergen?" fragte Tom Hell den Commander.

„Verzetteln wir uns nicht mit diesen kleinen Fischen, der Schlüssel liegt zweifellos im Hauptobjekt, dort dürften wir auch über diese Mumien, wie Sie sagen, mehr erfahren. Die meisten sind übrigens schon weit vorausgeeilt."

Das Hauptobjekt nahm im Teleskop des Observatoriums bereits Gestalt an, der Bordastronom berichtete:

„Commander, tolle Sache, noch nie hat ein Astronom solch ein Objekt gesehen. Im interstellaren Raum sind nicht selbstleuchtende Körper unsichtbar, da das reflektierte Sternenlicht kaum wahrnehmbar ist. Aber dieses Objekt sendet eine Art fluoreszierendes Licht aus, es leuchtet im Dunkeln wie Radium."

„Können Sie den Durchmesser feststellen?" fragte der Commander.

„Ungefähr 80 Kilometer, Gestalt kugelförmig, jedoch mit verschiedenen, noch nicht näher erkennbaren Details an der Oberfläche. Über eines gibt es keinen Zweifel, es ist ein künstliches Gebilde, aber für ein Raumschiff scheint es mir ein wenig zu groß!"

Der Mannschaft des „Cygnus" bemächtigte sich bei diesen Meldungen große Erregung, sie wurde von den Ereignissen laufend informiert.

„Ist mit diesem Objekt eine Gefahr verbunden?" wollte Doktor Honda wissen.

„Die kleinen Objekte, die an uns vorbeigeflogen sind, waren sicher leblose Objekte, aber unseren Astriten sehr ähnlich. Wenn es nicht leere Raumanzüge sind, die da als Abfall herumfliegen, dann sind es Hüllen um Tote. Auch das große Objekt halte ich für ausgestorben, denn sonst hätte es uns schon längst wahrgenommen und irgendwie reagiert. In dieser Hinsicht sehe ich keine Gefahr, es wäre jedoch eine physikalische Gefahr möglich ...", erläuterte der erste Bordphysiker Nikitin.

„Vielleicht sogar eine unüberwindliche", schaltete sich Gus Nortop ein. „Je näher das Hauptobjekt kommt, desto stärker sprechen die Strahlendetektoren an. Vorläufig bleibt die Strahlung noch weit unter dem Gefahrenpegel, aber das kann sich ändern!"

„Raumboot I hält sich dennoch startbereit. Beschleunigung langsam vergrößern!"
„Phantastisch, wie dieser Raumkörper dahinrast, obwohl er mit gleichförmiger Geschwindigkeit fliegt, holt er uns, die wir mit 1 g beschleunigen, spielend ein!" sagte Tom Hell bewundernd.
Es dauerte nicht allzu lange, bis das phosphoreszierende Etwas auch mit freiem Auge sichtbar wurde. Als es 3000 km entfernt war und der „Cygnus" fast auf gleiche Geschwindigkeit mit dem Objekt beschleunigt hatte, sahen die Menschen staunend eine glimmende Scheibe von der Ausdehnung des irdischen Vollmondes. Der erste Bordphysiker verfolgte an den Strahlendetektoren aufmerksam die Anzeigen der Instrumente.
„Bringen Sie einen Strahlendetektor an der Bordwand des Raumbootes an, der immer auf das große Objekt gerichtet bleibt", riet der Physiker. Da das Raumboot auch über einen Laser-Scheinwerfer verfügte, hoffte Commander Bull, selbst aus größerer Entfernung nähere Einzelheiten über das geheimnisvolle Objekt erfahren zu können.
„Und nun gute Fahrt!" wünschte der Commander, als das Raumboot vom „Cygnus" abstieß. Raumboot und Mutterschiff blieben während der ganzen Aktion in Sprech- und Bildverbindung.
„Bei Annäherung an das Objekt wird die Strahlendosis immer stärker", berichtete Gus Nortop. „Ich fürchte, wir werden unser Raumboot nicht verlassen können, die Schutzwirkung der Raumanzüge wäre jetzt schon fast zu gering."
„Versuchen Sie mit der Telekamera Aufnahmen zu machen, die wir dann in aller Ruhe auswerten können!" befahl Commander Bull, „und setzen Sie sich keiner Gefahr aus. Bordphysiker Nikitin überwacht die vom Raumboot übermittelten Werte der Strahlendosis. Ein Kommando zur Rückkehr ist augenblicklich zu befolgen!"
„Das Objekt zeigt jetzt an seiner Oberfläche schon deutliche Einzelheiten", berichtete Tom Hell, „im Teleskop ist zu erkennen ..." Plötzlich hielt er ein, dann setzte er mit veränderter, heiserer Stimme fort. „Da kleben Gestalten in Raumanzügen wie Eisenfeilspäne an einem Magneten an der Außenwand des großen Dinges, aber sie rühren sich nicht, sie scheinen ebenso tot zu sein wie die, die an uns vorbeigeflogen sind."

„Achtung, die Strahlung wird selbst im Innern des Raumbootes gefährlich", warnte Nikitin.

„Das Objekt zieht uns auch stark an!" ergänzte Gus Nortop.

„Äußerste Vorsicht!" warnte Commander Bull. Inzwischen untersuchte Gus Nortop mit optischen Mitteln die Oberfläche des Objektes, während Tom Hell fleißig Aufnahmen machte. Mit unheimlicher Gewalt wurde das Raumboot von dem Objekt angezogen und näherte sich der riesigen Kugel immer mehr.

„Von dem Objekt geht eine sehr starke Gravitationskraft aus, die keinesfalls seinem Volumen und seiner mutmaßlichen Masse entspricht", berichtete Gus Nortop. „Wir müssen starken Rückstoß geben, um die Entfernung konstant zu halten."

„Versuchen Sie in eine Umkreisungsbahn einzuschwenken, um das Objekt von allen Seiten zu untersuchen. Auf keinen Fall riskieren Sie eine weitere Annäherung. Nikitin hält die Schutzwirkung der Hülle des Raumbootes gerade noch für ausreichend."

Das Raumboot zog eine Runde um den geheimnisvollen Körper, der überall das gleiche phosphoreszierende Leuchten und verschiedene Aufbauten zeigte, deren Sinn und Zweck aus der Entfernung nicht zu deuten waren. Als das Raumboot den fremden Flugkörper umrundet hatte, gab Commander Bull, wenn auch schweren Herzens, den Befehl zur Rückkehr. Nicht nur die gefährliche Strahlung, sondern auch die Gefahr, zuweit vom Kurs abzuweichen, führte zu diesem Entschluß. In einem Anfall von selbstmörderischem Heroismus erklärte sich Captain Cyrus Hunter bereit, allein im Raumanzug bis zum Objekt vorzudringen. Doch Commander Bull wies dieses Ansinnen zurück, und Hunter mußte sich fügen, denn es durfte kein Menschenleben aufs Spiel gesetzt werden, auch wenn das wissenschaftliche Interesse noch so groß war. So kehrte das Raumboot ohne Gewißheit, nur mit den Meßdaten und Aufnahmen bereichert, zum „Cygnus" zurück.

26. Kapitel

DAS „TOTENSCHIFF"

Die Auswertung der Meßdaten und der anderen Dokumentationen über das „Totenschiff" wurde von Gus Nortop übernommen. Er hatte sich in seine Kabine eingeschlossen und tauchte nur von Zeit zu Zeit beim Bordcomputer auf. Er war sehr schweigsam und vertröstete ungeduldige Frager auf den Abschluß seiner Untersuchungen. Das „Totenschiff" war, nachdem der „Cygnus" wieder auf seinem ursprünglichen Kurs Richtung Sonnensystem eingeschwenkt war, längst aus dem Blickfeld verschwunden. Endlich kam der Bordtag, an dem Gus Nortop das Ergebnis seiner Untersuchungen und Überlegungen bekanntgab. Commander Bull hatte die führenden Leute im großen Gemeinschaftsraum zusammengerufen, aber auch alle anderen konnten mit den Ferngeräten den Ausführungen folgen. Gus Nortop breitete einige Blätter mit Notizen vor sich aus und begann dann ruhig und überlegt zu sprechen:

„Eines muß ich vorausschicken, alles was ich sage, kann nur eine Hypothese sein, allerdings mit einer gewissen Wahrscheinlichkeit. Wenn jemand einen Einwand oder eine Frage hat, darf er mich ruhig unterbrechen. Vorerst die wichtigste Annahme: das Totenschiff kann mit Sicherheit als ein künstlicher Weltkörper von der Größenordnung der kleinen Planeten in unserem Sonnensystem angenommen werden. Es ist jedoch eine technische Konstruktion, kein ausgehöhlter natürlicher Himmelskörper. Er war auch — und das können wir ebenfalls als Gewißheit annehmen, die Heimat der Astriten, die uns einmal auf der Erde einen Besuch abstatteten und die Neandertaler auf dem Planeten von Barnards Stern absetzten. Mit diesem künstlichen Himmelskörper oder, besser gesagt, in diesem künstlichen Himmelskörper reisten sie durch den Weltraum."

„Als kosmische Vagabunden!" warf Tom Hell ein.

„Ja, so könnten wir sie nennen", fuhr Gus Nortop fort. „An einen solchen künstlichen Himmelskörper haben Techniker auf unserem Planeten auch bereits gedacht und ihm die Bezeichnung Spome gegeben, gebildet aus Space home. Bei einem Durchmesser von 80 Kilometern, wie ihn das Totenschiff aufweist, hätte eine erstaunlich zahlreiche Bevölkerung Platz, wenn in der Kugel parallele, ebene Schichten in etwa 15 Meter Abstand eingebaut wären. Dann entspräche die gesamte Fläche dieser Schichten ungefähr der gesamten Landfläche unserer Erde. Nach diesem Prinzip, nehme ich an, ist auch das Innere des Totenschiffes eingerichtet."

„Haben Sie einen Anhaltspunkt über die Energieversorgung?" warf Steve Falik ein.

„Das hängt mit anderen Erscheinungen eng zusammen", erklärte Gus Nortop weiter. „Die Astriten müssen im Innern ihres Spomes über eine konstante, praktisch unerschöpfliche Energiequelle verfügt haben. In diesem Punkt waren sie unseren Erkenntnissen und technischen Möglichkeiten sicher sehr weit voraus. Was ich nun sage, ist zum Teil Gewißheit, zum anderen Teil nur eine Vermutung. Mich wundert es, daß noch niemand die Kardinalfrage gestellt hat, wie aus dem Spome ein ‚Totenschiff' wurde, womit sich auch die Frage von selbst beantwortet, weshalb die Besuche der Astriten auf dem Planeten Banu aufhörten. Ich habe die Bahn des Totenschiffes genau berechnen können und bin zu einem erstaunlichen Ergebnis gekommen. Es beweist, daß das, was wir Natur nennen, selbst der höchstentwickelten Technik überlegen bleibt und sie mit einem Schlag auslöschen kann."

Gus Nortop machte eine kleine Pause, die die Zuhörer benutzten, um ihre Gedanken zu ordnen.

„Wenn wir die Bahn des Totenschiffes zurückverfolgen, so führt sie jetzt wohl fast fünfzehn Jahre älter als er sein müßte. Er hatte umso würdige Nebel der nachleuchtende Überrest einer gewaltigen Sternexplosion. Dort befand sich ein Fixstern, der sich plötzlich aufblähte, die äußeren Hüllen abstieß, wobei unvorstellbare Energien frei wurden, der Rest sackte in sich zusammen. Das Totenschiff befand sich im Anflug auf den Stern kurz vor seiner Explosion und wurde dann von dem unvorstellbaren Strahlungsausbruch überrascht."

Der Bordastronom Doktor Bessel hob die Hand: „Ich möchte einige ergänzende Erklärungen geben. Solche Sternexplosionen führen zu

Erscheinungen, die wir Astronomen als Supernovae bezeichnen. Der Helligkeitsanstieg ist derart groß, daß eine einzige Supernova so hell wird wie alle Sterne eines ganzen Milchstraßensystems zusammen. Die Supernova, die zur Entstehung des Krabbennebels führte, leuchtete im Jahr 1054 n. Chr. auf. Davon berichteten chinesische Astronomen, sie beschrieben sie als ungewöhnlich hellen Stern im Stier, der auch bei Tag sichtbar war. Die Erscheinung ist auch mit einem gewaltigen Ausbruch an Korpuskelstrahlung, Elektronen, Protonen und Neutronen verbunden, abgesehen von der gefährlichen harten Gamma-Strahlung. Meist bleibt dann nur ein sogenannter Neutronenstern übrig, bei dem die Elektronenhüllen der Atome verschwunden sind, wodurch die Masse auf ein unvorstellbar kleines Volumen konzentriert sein kann. Ein Neutronenstern von zehn Kilometer Durchmesser kann die Masse der Sonne besitzen."

„Da sind wir jetzt auch schon bei der Energiequelle", ergriff Gus Nortop wieder das Wort. „Die Astriten verstanden es jedenfalls, Materie im Zustand der Neutronensterne herzustellen und damit in ihrem Spome ein ihnen zusagendes Schwerefeld zu erzeugen, wenn sie diese konzentrierte Materie im Zentrum ihres kugelförmigen Spomes lagerten. Die von dieser konzentrierten Materie ausgehende Strahlung dürfte die Energiequelle gewesen sein. Beim Ausbruch der Supernova ist mit einem Schlag alles Leben erloschen, und aus dem Spome wurde ein ‚Totenschiff'."

„Und wie ist die Beobachtung zu erklären, daß tote Astriten an uns vorbeigeflogen sind und andere wieder an der Außenwand hafteten?" fragte Commander Bull.

„Das dürfte mit der Situation der Astriten zur Zeit des Supernova-Ausbruches zusammenhängen. Eine größere Zahl der Astriten befand sich außerhalb des Raumschiffes, einige müssen sich mit ihren Repulsoren vom Spome wegbewegt haben, diesen sind wir als Vorläufer begegnet, diejenigen, die sich in bezug auf das Spome in Ruhe befanden, wurden von der Gravitation des Totenschiffes angezogen und blieben an der Außenwand liegen."

„Das klingt sehr einleuchtend", stimmte Oluf Raanes zu, „jetzt nur noch zur letzten Frage, die starke Strahlung, die vom Totenschiff ausgeht."

„Durch das unvorstellbare Strahlenbombardement wurden die meisten Elemente des Spome in radioaktive Isotope umgewandelt, die selbst strahlen und die uns die Annäherung verwehrten. Schade, aber dagegen waren wir machtlos. Auch das schwache Leuchten des Totenschiffes erklärt sich durch die Radioaktivität."

„Ich möchte noch hinzufügen", erklärte der Bordastronom, „daß der Krabbennebel 6000 Lichtjahre von der Sonne entfernt ist. Das läßt sich ganz gut mit dem Zeitpunkt vereinbaren, seit dem die Banuten keinen Besuch der Melanu, wie sie sie nennen, gehabt haben."

„Jetzt dürften wir eigentlich keine ruhige Minute mehr haben", seufzte Professor Newman, der im „Cygnus" noch etwas zugenommen hatte, „denn jeden Augenblick könnte uns solch ein Supernova-Ausbruch auch zu einem ‚Totenschiff' machen!"

„Keine Angst", tröstete der Bordastronom, „erstens sind Supernovas außerordentlich selten, nur alle paar Jahrhunderte leuchtet eine in einem Milchstraßensystem auf, und dann sind Sterne in der Umgebung unseres Sonnensystems kaum supernovaverdächtig."

„Das mag ein genügender Trost sein, aber eine gewisse Ungewißheit erhöht den Reiz des Lebens", schloß Tom Hell die Debatte ab.

27. Kapitel

X = 20 MINUS 5

Der „Cygnus“ näherte sich dem Sonnensystem, das Zentralgestirn beherrschte wieder den Himmel rund um das Raumschiff, und mit jedem Tag, den die Borduhren weiterliefen, wuchsen Spannung und Unruhe. Die Kommandozentrale hatte bereits Sprechverbindung mit der Erde aufgenommen, aber nur fremde, junge Stimmen meldeten sich vom Heimatplaneten. Ein Kalendervergleich fiel zur vollkommenen Zufriedenheit von Gus Nortop aus, der die ganze Zeit über seinen Gleichmut bewahrt hatte. Auf den Tag genau stimmte sein Uhrenvergleich mit der irdischen Zeit und dem irdischen Datum.
„Genau 15 Jahre haben wir uns den auf der Erde Zurückgebliebenen gegenüber erspart“, sagte Gus Nortop zu Tom Hell, der darüber aber gar nicht sehr begeistert schien, denn er mußte daran denken, daß Aimée Dubois, von der er nur schwer Abschied genommen hatte, jetzt wohl fast fünfzehn Jahre älter als er sein müßte. Er hatte umso öfter an sie denken müssen, je näher sie der Erde kamen.
„Glänzende Bestätigung der Zeitdilatation“, meinte Gus Nortop, „wenn die Astriten nicht bedauerlicherweise einer kosmischen Katastrophe zum Opfer gefallen wären, hätten sie sich auf physikalischem Weg beinahe eine relative Unsterblichkeit gesichert.“
Commander John S. Bull erhielt Weisung, in eine Umlaufbahn um den Mars einzuschwenken, um dort auf das Eintreffen eines Lotsen zu warten, denn, wie er erfuhr, war in der Zwischenzeit die Zahl der Außenstationen um die Erde gewaltig angewachsen. Der Lotse legte in einem Raumboot an, gegen das die Raumboote des „Cygnus“ vorsintflutlich aussahen. Mit knappen Worten stellte er sich dem Commander vor, und als er die Geräte der Kommandozentrale überflog, huschte ein Lächeln über seine jugendlichen Züge. Wahrscheinlich dachte er, restlos veraltet! Tom Hell versuchte ein Gespräch mit ihm anzuknüpfen, aber es kam nicht recht in Gang, obwohl äußerlich der

Altersunterschied kaum merklich war. Die Sprechweise des Lotsen, der bereits auf dem Mond geboren war, seine Geisteswelt, seine fachlichen Ausdrücke bildeten eine Schranke, die schwer zu überwinden war. Mit Bangen dachte Tom Hell an das Wiedersehen mit Fräulein Dubois. Ähnlich bedrückende Gedanken an die Auswirkungen der Zeitverschiebung bemächtigten sich auch der übrigen Besatzungsmitglieder, mit Ausnahme Gus Nortops, der als Physiker in seinem Element war.

Nachdem der „Cygnus" vom Lotsen in eine noch freie Umlaufbahn um die Erde gesteuert worden war, kam eine Kommission der WODESPAD mit einem luxuriösen Raumgleiter an Bord.

Commander Ingenieur John F. Bull hatte seine Galauniform angelegt, der Vertreter der World Deep Space Administration war in schlichtem Zivil erschienen, sein Anzug kam den Männern des „Cygnus" seltsam vor, kein Wunder, war doch die Mode gegenüber der, die beim Abschied von der Erde herrschte, um zwanzig Jahre voraus. Der Vertreter der WODESPAD stellte seine beiden Begleiter vor, einen Arzt und einen Technikhistoriker. Auf den verwunderten Blick von Commander Bull erklärte er: „Das Präsidium der WODESPAD hat das Raumschiff ‚Cygnus', das erste interstellare Raumschiff, das von der Erde startete und wieder zur Erde zurückkehrte, unter Denkmalschutz gestellt. Es wird dem astronautischen Museum, das wir in der 2-Stunden-Bahn um die Erde eingerichtet haben, einverleibt. Im übrigen beglückwünsche ich Sie zur glücklichen Rückkehr zur Erde, Präsident MacLane, der Sie von der Erde verabschiedete, ist bereits im Ruhestand und läßt sich aus Altersgründen entschuldigen, bittet Sie jedoch auf der Erde sein Gast zu sein, wenn alle Formalitäten erledigt sind." Der Vertreter des WODESPAD machte eine knappe Verbeugung. Ebenso Commander Bull:

„Ich freue mich über den freundlichen Empfang", er sagte dies mit einem leicht ironischen Unterton, „und darf um weitere Instruktionen bitten!"

„Vorläufig bleibt die gesamte Besatzung noch an Bord, bis ein Technikerteam der WODESPAD den ‚Cygnus' übernimmt. Die Bordbücher und alle Aufzeichnungen bleiben ebenfalls im Raumschiff, bis eine wissenschaftliche Kommission eintrifft. Ich habe bereits erfahren, daß

Sie große Erfolge hatten, auf weitere Einzelheiten bin ich schon sehr gespannt.“ In der letzten Bemerkung glaubte Tom Hell zum erstenmal einen Anflug von persönlicher Anteilnahme zu hören.

„Und nun“, setzte der Vertreter der World Deep Space Administration fort, „würde ich folgende Herren“ — er nahm einen Zettel zur Hand — „Commander Bull, Professor Koenigsfeld, Professor Newman, Gus Nortop, Steve Falik und Doktor Tom Hell bitten, in die Kabine des Commanders zu kommen. Wir wollen von einer Quarantäne absehen, wenn die Untersuchung durch unseren Raumflugmediziner positiv ausfällt. Die genannten Herrn sind eingeladen, den ersten Tag auf der Erde im Hause von Professor Unruh zu verbringen.“

Da die ärztliche Untersuchung keinen Anlaß zu einer Verzögerung gab, wurde das Team, das an der Wiege des Unternehmens stand, unverzüglich zur Erde geflogen. Als die Männer den blauen Planeten wieder greifbar vor sich sahen, überkam sie ein Gefühl der Geborgenheit, wenn auch die Welt inzwischen anders geworden war.

Auf der Erde war es wieder Sommer, genauso, wie es war, als während der Gartenparty des Professors die Nachricht von der merkwürdigen Strahlung die Kette der Ereignisse auslöste. Die Männer mußten sich erst daran gewöhnen, auf festem Boden zu gehen, in einen blauen Himmel zu blicken, Erdenluft zu atmen und den Duft der Wiesenblumen zu genießen.

An der Gartentür erwartete sie Professor Unruh. Er war noch immer der lebendige, unkonventionelle Gelehrte, schlank und beweglich, nur das Haar war schütterer und grau geworden. Er breitete die Arme aus und schüttelte allen herzlich die Hände: „Ich habe es mir nicht nehmen lassen, euch den ersten richtigen Empfang auf der Erde zu bereiten, ihr könnt euch gar nicht vorstellen, welche Mühe es mich gekostet hat, bei dem Bürokratismus, der noch immer nicht ausgestorben ist, die Weltraumfahrt-Behörde zu überzeugen, daß ein großer Raumflugbahnhof mit all seinem Drum und Dran, den Ansprachen und Interviews, den Astronauten, die fünf Bordjahre im Weltraum gewesen sind, nur furchtbar lästig fallen müßte. Heute ist noch Schonzeit, aber morgen werdet ihr alle der Meute der Reporter vorgeworfen. Also schön, Kinder, daß wir alle wieder beisammen sind.“

Der sonst so sachliche und anscheinend kühle Commander Bull konnte vor lauter Rührung kaum sprechen und stammelte nur etwas von großem Glück und unbeschreiblicher Freude.

Professor Unruh nahm ihm die weitere Sorge des Redens ab, indem er die Gäste bat weiterzukommen: „Ich habe ein paar liebe alte Bekannte eingeladen, die sich sehr freuen, die Heimkehrer begrüßen zu dürfen."

Tom Hell klopfte das Herz bis zum Hals hinauf, als er im Garten, der inzwischen prächtig angewachsen war, eine gedeckte Tafel sah, an der bereits einige Männer saßen und beim Eintreten der Astronauten aufstanden. Es waren dies der Astronom Professor Maurer, der Geologe Professor Ross, Valentin Abel und ein junger Mann, den sie nicht gleich erkannten. Professor Unruh half ihrem Gedächtnis nach: „Nicht wahr, prächtig hat sich der Bursche entwickelt, unsere Gemse, jetzt ist er bereits a. o. Professor für Prähistorie an der Clark-Universität."

„Wo ist Fräulein Dubois?" fragte Tom Hell zögernd, da er sie nicht erblickte. „Oh, sie übernimmt die Hausfrauenpflichten in meinem noch immer hausfrauenlosen Haushalt." Tom Hell zögerte einen Augenblick, dann sagte er: „Ich werde ihr helfen!" Professor Unruh lachte belustigt und sagte zu dem neben ihm stehenden Steve Falik: „Der wird sich wundern!" Als Tom Hell Fräulein Dubois an der Anrichte bemerkte und sie sich umdrehte, erstarrte er beinahe.

„Aimée, bist du es wirklich?" Er sagte du zu ihr und war im Begriff sie zu umarmen, hielt sich aber im letzten Augenblick noch zurück. Im nachhinein kam es ihm zum Bewußtsein, sie hätte bestimmt nichts dagegen gehabt.

„Ja, ich bin es, aber warum siehst du mich so entgeistert an?" Auch sie duzte ihn.

„Weil, weil ...", stotterte er, „weil du noch immer so aussiehst wie damals, bist du nicht älter geworden?"

„Doch, aber unser Altersunterschied ist praktisch der gleiche geblieben!" Dabei lächelte sie schelmisch.

„Verstehe ich nicht, aber du wirst es mir erklären, komm, setzen wir uns. Die Gäste können ruhig ein wenig warten, erstens ist noch Zeit bis zum Essen und dann sind sie schon in eine lebhafte Unterhaltung verwickelt und werden uns kaum vermissen. Ich glaube, Professor Unruh hat da mitgeholfen, daß wir uns ein wenig allein aussprechen können."

Fräulein Dubois nickte: „Mag schon sein, denn er ist nicht nur ein bedeutender Physiker, sondern auch ein hervorragender Psychologe. Schließlich muß ich es wissen, als Psychologin."

„Jetzt weiß ich noch immer nicht, wieso ..."

„Du meinst, wenn ich auf der Erde geblieben wäre, könnte ich jetzt beinahe deine Mutter sein. Sehe ich so aus?" Fräulein Dubois lachte Tom Hell an. Dieser wehrte ab: „Das ist es doch!"

„Also hör zu. Ich habe mein Doktorat in Psychologie mit einer Dissertation über den Einfluß verschiedener Strahlen auf die Psyche gemacht. Gus Nortop hat mir mit seinen Kenntnissen dabei wertvolle Hilfe geleistet. Diese Arbeit hat Aufsehen erregt, und die Gordijenko-Expedition hat mich eingeladen, an ihr teilzunehmen. Ach ja, das kannst du noch nicht wissen, diese Expedition startete ein Jahr nach dem ‚Cygnus' zum Stern Epsilon Eridan."

„Jetzt verstehe ich! Darum sieht du so jung aus wie damals, als wir Abschied nahmen", sagte Tom Hell und griff sich an den Kopf.

„Ein Glück, daß Gordijenko nicht so kleinlich war, darauf zu bestehen, kein weibliches Wesen an Bord zu nehmen. Wir hatten sogar eine größere Geschwindigkeit erreicht als der ‚Cygnus', sonst wären wir von einem weiter entfernten Stern als Barnards Stern nicht schon vor euch zurückgekommen."

„Und habt ihr dort tatsächlich Planeten gefunden, vielleicht sogar bewohnte?"

„Das erzähle ich dir später, ich denke, das ist jetzt nicht der richtige Augenblick dafür!" Aimée blickte ihn seltsam an, und Tom Hell überkam es plötzlich, als würden Aimées Zügen denen des Mädchens Irga vom Planeten Banu immer ähnlicher. Das beglückte ihn sehr, und er ergriff ihre Hand.

Da stürmte Meso herein und umsprang die beiden freudig bellend, Professor Newman folgte ihm: „Du bist doch ein kluger Hund, auch du freust dich, daß zwei Raumflüge ein glückliches Ende gefunden haben. Fräulein Doktor, walten Sie Ihres Amtes als Hausfrau, ich kann das erste richtige Essen auf der Erde kaum mehr erwarten!"